Glamrock Zeitreise nach 1973

von Ralf Johann

Glamrock-Zeitreise-Roman

Impressum:
Herstellung und Verlag: B o D - Books on Demand, Norderstedt
ISBN Nr: 9783741274633

Inhaltsverzeichnis:

Plötzlich im Jahr 1973..3

Erinnerungen..22

Vorbereitung auf eine weitere Zeitreise...............30

In der Stadt..39

Die Garagen...48

Die Einlagerung..51

Karmann Ghia Typ 34 mal zwei.....................58

Anja merkt etwas..64

Anja ist schockiert und erfreut.................................71

Flohmarkt...78

Der alte Bulli..87

Sweet „live" erleben..93

Glamrock-Xmas und Silvester 1973......................96

Plötzlich im Jahr 1973

Es war einer der ersten Frühlingstage des Jahres 2015.

Ich war mit meinem Cousin Fabian, den wir seit Kinderzeiten nur kurz Fabi nannten, wieder einmal ohne unsere Frauen unterwegs. Zuerst wollten wir ein bisschen mit Fabi´s 1300 Käfer Cabrio rumcruisen, aber dann wurde das Wetter doch windiger und wir hatten keinen Bock mehr, offen zu fahren. Durch meinen Bruder Ingolf hatte ich das Geocaching kennengelernt. Fabi besaß ein Tablet-PC und damit konnte man auch Geocaching betreiben. Das ist so eine Art moderne Schnitzeljagd, aber mit GPS. Jemand hat etwas vergraben oder versteckt und anhand von Anfangskoordinaten und dem Folgen von Hinweisen - oder auch dem Lösen von Rätseln - konnte man dann das Versteck finden. Ja, das Kind im Manne war hier wieder voll und ganz voller Freude im Einsatz. Wer aber denkt, dass das ein reines „Jungen-Hobby" war, der irrt gewaltig! Auch viele Frauen sind für diese moderne Schnitzeljagd offen und so sieht man recht oft auch ganze Familien in der Natur auf „Schatzsuche" gehen.

Wir hatten uns einen Ort ausgesucht, den wir gut zu Fuß erreichen konnten. Wir starteten am Stadtbahnhof in Wuppertal-Ronsdorf und liefen Richtung Remscheid auf der Remscheider Straße entlang. Glücklicherweise hatten wir beide eine Art „Öko-Look" an, da es auch ins Dickicht gehen sollte. Fabi trug eine leicht verschlissene Hose, die aussah, als hätte sie schon einige Jahrzehnte hinter sich. Er hatte ein paar

Flicken draufgenäht, damit sie auch wieder hielt. Auf meine Frage hin, was denn daran schön wäre, meinte er nur, dass das jetzt „in" wäre mit zerschlissenen Hosen rumzulaufen und grinsend meinte er dann noch: „Die sind fürs Geocaching gerade recht, woll?". Das blaue Sweat-Shirt, das er trug, zeigte einen großen Smiley Kopf der grinste und eine Zahnlücke hatte. Man musste automatisch grinsen, wenn man das gute Stück anschaute. Adidas Turnschuhe der Größe 43, die auch schon bessere Zeiten hinter sich hatten, steckten an seinen Füßen. Gegen den Wind trug er eine Regenjacke, die sich bei dem leicht zunehmenden Wind aufplusterte. Ich hatte wie immer eine obligatorische Jeans an, die auch schon älter war, aber mir gefiel. Ein Holzfällerhemd und auch eine regenabweisende Jacke mit Kapuze hatte ich ausgewählt, dazu alte, abgelatschte Reebok Schuhe in Größe 48, die ich gerne trug, wenn es in die Natur ging. Wer wie ich auf „großem Fuß" wörtlich gesprochen lebt, der muss immer suchen, wenn er preiswert ein neues paar Schuhe braucht. Aber damit ist es ja nicht getan, sie müssen ja auch noch eingelaufen werden und deshalb bevorzuge ich oft die älteren Schuhe. So stiefelten wir also los und waren guter Dinge und wussten zu dem Zeitpunkt noch nicht, was da alles an Abenteuern auf uns zukommen sollte….

Aufgewachsen und die Jugend verlebt in den 70er Jahren, waren wir beide so echte Freaks und Experten, was die Mukke der 70er betraf. Bevorzugt Glamrock und Volkswagen…. Das waren unsere großen Leidenschaften damals gewesen und nahm auch heutzutage noch einen großen Stellenwert ein. Fabi hatte sein mp3 Player vergessen, aber ich hatte meinen dabei und holte ihn hervor.

„Watt hörste denn gerade, Alter?" fragte er mich, als ich die Ohrhörer in die Ohrmuscheln stöpseln wollte.

„Von Mud den Titel Tigerfeet", sagte ich und grinste.

„Geile Mukke, echt klasse. Jau! Dat war noch richtige geile Mukke!"

Fabi geriet ins Schwärmen!

„Willste mal wat hören?" fragte ich ihn.

Er grinste. Das Lied endete gerade.

„New York Groove" von der Kult Band „Hello" begann dann.

Fabi sang mit: „I´m back, back in the New York Groove…"

Ich musste grinsen! Beide waren wir über 50 Jahre alt, aber irgendwie wurden wir nie erwachsen… Wären da nicht bei Fabi die grauen Haare auf seiner Pläte gewesen, könnte man denken, wir wären in den 70ern stehen geblieben. Ich hatte seit frühester Glamrock-Jugend lange Haare, mit Ausnahme von Bundeswehr und Lehre….

Ein paar graue Haare gab es auch schon, aber ich trug meine „Matte" ordentlich zum Zopf gebunden.

Fabi stoppte die Musik und gab mir den mp3 Player wieder.

„So, Alter, hier ist die erste Koordinate", sagte er. „Schau mal, ob du was findest…."

Ich nickte, verstaute den mp3 Player und wir schauten uns um.

Vor uns war ein Straßenschild.

„Ich schau mal, ob der Deckel oben auf geht", sagte ich. Solche Übungen waren Routine für einen Cacher und er überließ es gerne mir, da ich 8 cm größer als er war. Mit Schuhen hatte ich 190 cm Größe erreicht und es fiel mir nicht schwer, an den Deckel heran zu kommen.

„Bingo!" sagte ich. „Dat Dingen ist locker. Ich pack mal rein."

Mit der Hand tastete ich in der Röhre herum, ob ein Code oder etwas Verstecktes in dem Schild war. Jepp! Mit einem Magneten war dort ein Döschen befestigt. Ich holte es vorsichtig hervor und öffnete es.

Innen standen nur Koordinaten.

„Allet klar, Alter", meinte Fabi. Wir legten die Dose wieder an seinen Ursprungsort und Fabi, der die neuen Koordinaten eingegeben hatte, sagte:

„Zu den neuen Koordinaten geht's da hinten in dat Wäldchen rübber."

Ich nickte und wir stiefelten los.

Nach etwa 5 Minuten zügigen Marsches hatten wir den Platz der nächsten Koordinate erreicht. Dort stand eine Bank, die zum Ausruhen einlud.

„Schau mal unter die Bank", meinte ich zu Fabi, „ich muss mal für kleine Königstiger…."

Fabi grinste und nickte und ich schlug mich in die Blüsen, um zu pinkeln.

Als ich nach wenigen Minuten zurück war, sah ich Fabi auf der Bank sitzen und neben ihm stand ein kleines Filmdöschen, wie man sie früher benutzte, um Filme zu transportieren.

„Wat is loss?" fragte ich.

„Wir sollen in eine Höhle und ein Rätsel lösen", sagte er.

„Höhle? Hier?" fragte ich.

„Hömma, hier sind die Koordinaten. Wat meinste, wenn wir dat Dingen lösen. Muss voll krass sein, hömma."

Er war jetzt aufgeregt, der Gute….

„Ich möchte die Frage, die es zu lösen gibt auch wissen. Also brechen wir auf, ok Alter?"

Meine Frage beantwortete er mit einem Grinsen.

„Okidoki, Keule!"

Fabi hatte die neuen Koordinaten schon eingegeben und wir dackelten munter in das Wäldchen hinein.

Nach etwa 5 Minuten hatten wir die neue Koordinate gefunden. Da is´n riesiger Busch, hömma" sagte Fabi.

„Wat wohl dahinter is, wat meinste?" fragte ich.

Er zuckte mit den Achseln und wir suchten gemeinsam.

Fabi zog an dem Busch, als wäre er nur künstlich dort hingestellt worden.

„Vorsicht!" rief ich noch, als ich merkte, dass er den Halt verlor, doch da rutschte er schon aus und fiel nach hinten und kullerte einen Abhang hinunter.

„Rallie! Hilf mir!" rief er mir zu.

Ich sprang um den Busch herum und sah ihn unten in einer Kuhle liegen. Meine erste Schätzung betraf etwa 7-8 Meter. Zum Glück waren Wurzeln von Bäumen vorhanden, an denen man sich hochhangeln konnte.

„Alter, ich helf dir, watt ens…" sagte ich zu ihm und überlegte, wie ich ihm am besten helfen konnte.

„Hast du dich verletzt?" fragte ich fast automatisch.

„Nee, zum Glück nich`. Hab Dussel gehabt, Alter."

„Ich machte mich gerade auf den Weg, um zu schauen, ob die Wurzeln an der linken Seite halten, da sagte er:

„Komm runter, Alter! Hier is ne Höhle!"

„Echt?" fragte ich zurück.

„Klar echt..., meinste ich laber dir einen inne Tasche oder wat?"

Vorsichtig kletterte ich, mich an den Wurzeln festhaltend, in die Tiefe. Die letzten zwei Meter sprang ich hinunter.

Fabi war schon in die Höhle hineingekrabbelt. Beide hatten wir eine Kurbeltaschenlampe dabei, die uns jetzt gute Zwecke taten.

„Sollen wir soweit krabbeln wie et geht?" fragte ich ihn.

„Klaro. Is doch voll geil hier!" Man merkte, dass Fabi viel mit jüngeren Erwachsenen beruflich zu tun hatte. Er sprach auch wie sie.

Dank unserer Taschenlampen, die wir zwischen die Zähne genommen hatten, konnten wir auf allen vieren krabbeln. Die Höhle wurde immer enger, aber da wir beide schlank waren, kamen wir gut voran. Nach gefühlten 15 Minuten unterirdischen Krabbelns kamen wir an einen Abzweig. Zwei Wege waren dort möglich zum Folgen.

"Ich links, du rechts, ok?" meinte ich.

Er nickte und krabbelte in die linke Höhle.

„Komm wieder, wenn es schwierig wird. Ich mach's auch so", sagte ich noch und krabbelte ebenso los. Wir hatten noch keine Tiere hier unten gesehen und das verwunderte mich. Ich brauchte nicht weit zu krabbeln, dann kam ein gefährlicher Abhang, den ich bestimmt hinuntergefallen wäre, wenn ich keine Funzel dabei gehabt hätte. Ich beschloss, umzukehren. Auch Fabi war mittlerweile umgekehrt, wie ich jetzt sah.

„Bei mir is Sackgasse, Alter. Da is nur so´n dicker Kawenzmann von Baum und der versperrt den Weg, hömma."

„In der Höhle so´n Oschi von Baum?" fragte ich.

„Und wat für´n großes Gedrähten", sagte er.

„Bei mir geht et den Abhang steil runter. Ohne Seil ist das wohl kaum zu machen, hömma."

„Wat ens", sagt Fabi plötzlich.

„Da war wat, dat könnte so ne Art Tür bei dem Baum gewesen sein. War mit der Minifunzel nich so richtig zu sehen…."

„Ja, nee is klar, ne Tür… Haste dir auch die Farbe gemerkt…" wollte ich ihn auf die Schippe nehmen.

„Nee echt, voll krass, Alter! Da is wat da und die Farbe is braun, wie bei dem Baum, woll?

Ich gab mich geschlagen und wir krabbelten in seinen Teil der Höhle und als wir den dicken Baum erreichten sah ich im Lampenschein tatsächlich etwas, das wie eine alte Türe aussah.

„Wenn dat wirklich ne alte Türe is, dann is dat Teil aber schon ewig nicht mehr geöffnet worden, oder?" fragte ich.

„Kann schon sein, hömma! Wir sind ja auch auf echt abenteuerliche Weise hierher gelangt, woll?"

Gemeinsam versuchten wir sie zu öffnen. Mühsam gab sie nach und mit einem leichten Quietschen sprang sie dann auf.

„Et klappt! Supi!" Fabi war voller Euphorie!

Wir leuchteten in das Dunkel, das uns empfing hinein und sahen einen schmalen Weg, der nach unten führte.

„Wollen wir?" fragte Fabi.

„Ok, Abenteuer, wir kommen!"

Ich holte eine dicke Rolle Faden heraus, die ich immer mithatte, wenn ich cachen war. Die band ich am Türknauf fest, so dass wir den Weg zurückfinden würden. Beim Gehen wollte ich die Schnur dann langsam abwickeln.

Vorsichtig betraten wir jetzt den Pfad. Zuerst ging es nur bergab, dann mit einem Linksverlauf bergauf und nach gefühlten 20 Minuten anstrengendem Gang wussten wir nicht mehr, wo wir in etwa sind und vor allem, wie lange wir hier schon herumgelaufen waren. Wie gut, dass wir die Schnur dabei hatten, dachte ich mir.

Plötzlich sahen wir Tageslicht.

„Ein Ausgang!" rief Fabi und bewegte sich merklich schneller.

Nach wenigen Minuten hatten wir dann eine andere Höhle erreicht. Mein Faden war fast zu Ende. Hier war es auch total verwachsen und einige Luftwurzeln von Bäumen waren zu sehen. Ich befestigte dort meine Kordel, damit wir den Rückweg finden würden, falls es vonnöten wäre. Man wusste ja nie….

„Prima zum Hochklettern", meinte Fabi und begann sofort mit dem Aufstieg. Ich folgte ihm dann.

Es war zwar etwas mühsam, aber doch machbar. Wir waren ja schließlich keine Teenager mehr, aber doch recht gut durchtrainiert.

Oben angekommen, sahen wir vor uns ein Dickicht von Dornen, durch das wir uns vorsichtig durcharbeiteten, indem ich einen langen Stock nahm, der achtlos herumlag und so die Dornen etwas von uns fern hielt.

„Wusste gar nicht, dass wir im Dornröschen Märchen gelandet sind, Alter" meinte ich mit einem leichten ironischen Unterton.

Fabi grinste.

„Ich küsse aber die Prinzessin wach…."

Das war wieder typisch für Fabi… Ich grinste und nickte.

Bald war der Weg ordentlicher und wir gingen zügig weiter.

„Schau mal nach den GPS Daten", meinte ich.

„Gute Idee, Rallie", sagte er.

„Wat is dat dann? Hä?" meinte er und blieb verdutzt stehen.

Ich schaute ihn überrascht an.

„Nix zu löten, Alter. Dat Dingen funktionuckelt hier nicht, hömma…."

„Also doch bei Dornröschen?" fragte ich und schmunzelte.

„Hömma, ich schau mal im Internet wat nach, hab ja dat Tablet dabei…."

Fabi verdrehte die Augen, als wollte er sagen: Wo sind wir denn jetzt gelandet?

„Kein Netz.. Nix klappt. Dat gibbet doch gar nich´…."

„Vielleicht nen Funkloch", meinte ich.

„Wahrscheinlich", antwortete er.

Wir liefen weiter durch den Wald und nach gefühlten fünf Minuten erreichten wir das Ende des Waldes.

„Endlich! Zivilisation!" meinte Fabi und grinste.

„Ah! Ein Bänkchen! Komm, wir probieren es nochmal mit dem Internet!"

Fabi versuchte es immer wieder, aber er bekam kein Netz….

Ich saß rechts von ihm und schaute so beiläufig in den Mülleimer neben der Bank. Dort lag eine Tageszeitung drin.

„Alter, dat glaubste getz nich, wat hier steht, hömma…" meinte ich.

„Wat denn?"

„Dat gute Stück hier is von April 1973, also von vor 42 Jahren. Entweder, die hat jemand von damals erst jetzt hier wechgeschmeten oder wir haben ne Zeitreise gemacht…"

„Zeitreise? Tickste noch ganz richtig, Alter?" meinte Fabi.

„Ich weiß, dass es am Untersberg im Grenzgebiet von Bayern und Österreich auch Höhlen gibt, wo es Zeitphänomene gibbet."

„Echt?" fragte Fabi und staunte.

Ich nickte und sagte dann:

„Ich hab ne super Idee, Fabi. Ich hab doch UKW am mp3 Player mit drauf. Ich schau mal, ob ich wat rein krich."

Ich holte den mp3 Player raus und schaltete auf Radioempfang. Es funktionierte. Ich tippte den Suchlauf durch und plötzlich war ich bei WDR 2.

„Ich hab WDR2 drin. Jetzt müssen wir nur auf die Nachrichten warten, " sagte ich.

„Wat für Mukke läuft denn?" fragte Fabi.

„Marianne Rosenberg", sagte ich.

„Mariannchen? Süß! Dann kann dat echt sein. WDR 2 is ja kein Oldie-Sender."

5 Minuten später kamen die Nachrichten. Ich lauschte gespannt.

„Alter, wir sind in 1973, heute is der 4.April 1973…"

Fabi war erst still und dann grinste er.

„Da kann ich mir ja die Bravos nachkaufen, die mir noch fehlen und rare Matchbox Käfer Modelle…."

Ich unterbrach ihn.

„Und mit welchem Geld, hä?" „Euronen nehm die hier nicht…."

„Stimmt! Blöd! Wie kommen wir jetzt an Kohle ran. Außerdem hab ich jetzt tierischen Kohldampf. Watt zum freten wär echt cool!"

„Lass uns nach Ronsdorf gehen. Wir werden wohl noch hier sein, denk ich. In unserer Kindheit und Jugend kannten wir doch allet hier, woll? Also gib Gummi!"

Wir stiefelten in die Richtung los, von der wir meinten, dass es Ronsdorf sei. Und tatsächlich: Nach etwa 1 km kam Ronsdorf in Sicht. Die Stelle, die wir wiederfinden mussten, wo der Wald für den Rückweg begann, hatten wir uns gemerkt.

„Alter, schau die Spritpreise, ich krieg nen Föhn….." meinte Fabi.

Benzin kostete 69 Pfennig.

„Dat sind noch Preise, meine Fresse", sagte ich.

„Wo kriegen wir jetzt was zum Freten her?" fragte Fabi.

„Wenn wir zu Oma Elfi gehen? Der können wir dat doch erzählen, die sagt bestimmt nix weiter."

Fabi schaute mich an.

„Hömma, ich glaub ich träum. Dat gibbet doch gar nich. Wat meinste, wer da vorn rumsteht und am kallen is. Omma Elfi. Wat wir 'n Glück haben, Alter!"

Unsere gemeinsame Oma stand nur etwa 50 Meter von uns entfernt an einer Bushaltestelle und war intensiv in ein Gespräch vertieft. So kannten wir sie von klein auf. Oma hielt immer Dauergespräche und für uns war das als Kinder und Jugendliche voll nervig.

Ich überlegte, wie wir sie überzeugen konnten, dass wir es wirklich waren.

Als wir fast die Bushaltestelle erreicht hatten, verabschiedete sich Oma Elfi glücklicherweise von der Frau und wollte gerade ihre Einkaufstüten aufnehmen, um heim zu gehen.

„Lass uns das doch tragen, Oma Elfi", sagte ich.

Sie schreckte hoch und schaute uns an.

„Wer sind sie?" fragte sie irritiert und ein wenig ängstlich.

„Wir sind´s doch, Omma", sagte Fabi.

„Fabian, den du immer Fabi-Kind nennst und Ralfi."

Fabi hatte bewusst die Kosenamen gewählt, die Oma immer für uns benutzt hatte.

Oma war baff und setzte sich erst einmal auf die Bank bei der Bushaltestelle.

„Omma, wir sind durch ein Zeitloch geraten und 42 Jahre in die Vergangenheit gerutscht. Erschrick bitte nicht! Wir können dir beweisen, dat wir et sind."

Oma Elfi schaute uns an.

Dann begann Fabi Erlebnisse aus unserer Kindheit zu erzählen, in die Oma involviert war und die außer uns keiner kennen konnte. Sie zuckte bei jedem Mal heftiger zusammen.

Oma fragte dann: „Wie heißen meine Kinder und eure Geschwister und wann sind sie geboren?"

Wir nannten alle Namen und Daten und Oma schüttelte nur den Kopf.

Oma war am Ende des 1.Weltkrieges geboren und im Jahre 1973 eine Frau in den besten Jahren, kaum älter als wir.

Wir erzählten ihr, was wir gemacht hatten und wie wir ins Jahr 1973 gekommen waren.

„Ihr habt doch immer noch den gleichen Blödsinn wie früher im Kopf", meinte Oma und schmunzelte.

„Wir haben Hunger, Omma, aber leider keine DM. Seit 2002 gibt es die DM nich mehr. Bei uns heißt dat getz Euro", sagte Fabi.

„Was? Die DM wurde abgeschafft? Das ist ja furchtbar!"

Ich drückte meine Oma jetzt und auch Fabi nahm sie in den Arm. Scheinbar spürte sie, dass wir es wirklich sind, denn sie ließ es sich gefallen.

„Wat ens, Omma", sagte Fabi.

„Ich hab ja in meinem Portemonnaie einige Fotos. Schau mal."

Er hatte seine Geldbörse hervorgeholt und zeigte Oma nach und nach die Bilder. Zuerst eins von seiner Konfirmation, wo er Mozartlocken hatte, dann ein Foto, auf das er besonders stolz war, zeigte es ihn auf seinem geliebten Chopper. Als Nächstes kam ein Foto, das uns zeigte, als wir als Kiss geschminkt waren. Fabi war als Gene maskiert, ich wegen meiner Lockenpracht als Paul Stanley. Als Fabi dann das Bild seiner Tochter zeigte, bekam Oma Tränen der Rührung in die Augen.

„Ich hab auch einen Sohn", sagte ich.

Und dann erzählten wir ihr, wie viele Enkel- und Urenkelkinder sie hat.

„Aber eine Sache sagen wir dir nicht, Omma" sagte ich.

„Deinen Todestag."

„Den will ich auch gar nicht wissen", sagte sie und lächelte mit Tränen in den Augen.

„Du lebst noch lange", sagte Fabi, „mehr sagen wir aber nicht."

Zu dritt gingen wir dann zu Omas Wohnung.

Während der 10 Minuten Fußweg, bei dem wir Omas Einkaufstaschen trugen, war es für uns eine Reise in die Kindheit und Jugend. Es fuhren die schönsten Autos an uns vorbei und wir kriegten voll die Krise vor Freude.

„Schade, dass ich mir hier nicht nen Karmann Ghia Typ 34 für kleines Geld kaufen kann", meinte ich.

„Warum nicht?" fragte Fabi.

„Und wie soll ich ihn durch die Höhle mitnehmen in unsere Zeit?"

„Auch wahr! Es sei denn… du stellst ihn 42 Jahre in eine Garage und holst ihn dann ab…."

„Solange brauchen wir doch nicht zu warten. Wir sind doch 1973 Jugendliche und müssen uns nur sagen, wo die Autos stehen, woll?

„Autos?" fragte ich.

„Meinste ich will keinen edelsten Karmann, Rallie?" fragte Fabi.

Ich musste unwillkürlich grinsen.

„Jetzt essen wir erst einmal was Gutes", meinte Oma und öffnete die Haustüre.

Oben in ihrer Wohnung war es so, wie wir es aus unserer Jugend kannten. Oma hatte noch den guten alten Holz-Kohle-Ofen. Eine Heizung gab es nicht.

„Oma, ich bin Vegetarier", sagte ich, als sie mir eine Wurst anbot.

„Was ist das?" fragte sie.

Ich musste schmunzeln. Im Jahre 1973 war das Wort noch nicht so verbreitet.

„Das bedeutet, dass ich kein Fisch, kein Fleisch und auch keine Wurst und so esse…."

„Was magst du denn, mein Kind?" fragte Oma.

„Obst, Gemüse und so", sagte ich.

„Auch Pommes?" fragte sie und lächelte.

Fabi und ich schauten uns an.

Das wir da nicht selber drauf gekommen waren….

Nicht weit von Omas Wohnung war unsere Lieblings Pommes Bude unserer Jugend gewesen.

Die Tüte Pommes für 30 Pfennig. Das waren noch Zeiten.

Oma gab jedem eine Mark und wir gingen los, um uns jeder drei Tüten Pommes zu holen….

Einmal kam Ketchup drauf und zweimal Senf….

Ganz wie in unserer Jugend….

Erinnerungen

Wie lange bleibt ihr denn, meine Kinder?" fragte Oma, als wir gesättigt wieder da waren.

„Ja, eigentlich müssen wir widder zurück, aber wir kennen ja jetzt den Weg, wie et hierher geht und so können wir wiederkommen. Aber du darfst bitte zu niemandem ein Wort sagen, Omma, ok?" Fabi schaute sie dabei an.

„Das Lachen hast du immer noch wie früher, mein Kind", sagte sie.

„Omma, kannst du nicht rüber zu meiner anderen Omma gehen und mich mitnehmen?" fragte ich.

„Sie lebt nicht mehr allzu lange und ich möchte sie noch einmal sehen", sagte ich.

„Wie sollen wir das denn anstellen?" fragte Oma Elfi.

Dann überlegte sie und lachte plötzlich:

„Ich habe eine Idee! Deine andere Oma, Ralfi, die vermietet doch immer Garagen. Ich hörte, eine ist frei. Vielleicht könnt ihr so tun, als hättet ihr Interesse…."

„Omma, du bist ne Wucht!" Ich war völlig außer mir vor Freude!

„Gehen wir sofort?" fragte ich.

„Heute Abend müssen wir wieder zurück."

„Klar!" meinte Oma.

Meine andere Oma wohnte nur 300 Meter entfernt und so erreichten wir das Haus in wenigen Minuten.

Wir gingen die Auffahrt hoch und im Hinterhof saßen meine andere Oma, mein Opa und im Garten spielten mehrere Kinder.

Ich schaute genauer hin und dachte, das gibt es nicht und musste unwillkürlich schlucken: Dort war Fabi und ich mit unserem anderen Cousin am Fußball spielen. Oma Elfi erkannte auch die Situation und wollte schon umkehren, als mein Opa fragte:

„Was möchtest du denn, Elfi? Ah, du hast Besuch mitgebracht."

Oma Elfi antwortete geistesschnell: „Ich habe den beiden jungen Männern hier gezeigt, wo der Ort ist, wo die Garage zu vermieten sei."

Wir gingen jetzt näher auf den Hinterhof zu. Meine andere Oma saß im Stuhl und lächelte. Man merkte ihr aber ihre Krankheit an. Mein Opa hatte sich jetzt erhoben. So jung hatte ich ihn gar nicht mehr in Erinnerung.

„Tut mir leid, "sagte mein Opa. „Ich habe sie heute neu vermietet."

„Da kann man nichts machen", sagte ich. „Trotzdem vielen Dank."

Auch Fabi verneigte sich leicht.

Unsere jüngeren Pendants waren in der Zwischenzeit näher gekommen und hatten aus Neugierde aufgehört zu bolzen.

Ich schluckte, als ich mich 42 Jahre jünger sah. Ich war schon damals fast so groß wie jetzt und auch Fabi war schon recht groß gewesen. Es war ein eigenartiges Gefühl, sich selber in junger Ausführung gegenüber zu stehen.

Wir verabschiedeten uns und gingen mit Oma Elfi wieder ein Stück weg.

Ich überlegte und holte meinen Fotoapparat heraus. Als keiner meiner Verwandten zu uns schaute, fotografierte ich das Haus und sie im Hof sitzend.

„Andenken", sagte ich.

„Haste auch voll die Erpelhaut bekommen, Alter?" fragte ich Fabi.

Er nickte.

„Was es nicht alles gibt auf der Welt…." murmelte Oma.

Als wir wieder bei ihrer Wohnung angekommen waren, sagte Fabi: „Oma möchtest du einen Farbfernseher haben? Ich hab noch zuhause einen rumstehen. Ich hab gesehen, dass dein alter Schwarz-Weiß Fernseher fast den Geist aufgibt."

Oma lächelte und nickte dankbar.

„Ich hab noch ein älteres Radio, das aber top funktioniert", sagte ich. „Dat bring ich dir nächstes Mal mit. Du hörst doch so gerne Musik."

„Wir müssen nur schauen, wie wir noch an alte DM aus dieser Zeit kommen", murmelte ich halblaut.

„Lass uns im Internet schauen. Vielleicht können wir bei eBay DM Münzen und Scheine von vor 1973 ersteigern", sagte Fabi.

„Gute Idee!" gab ich zum Besten.

„Kinder, ich verstehe euch nicht."

Fabi lächelte und holte sein altes Handy hervor. Sein gutes hatte er zuhause gelassen.

„Dat ist ein tragbares Telefon, Omma. Damit kann man von fast überall anrufen, woll? Du wirst diese Zeit noch sehr gut erleben, obwohl es schon noch´n bisken dauert", meinte Fabi.

„Das ist ein mp3 Player", meinte ich und zog ihn hervor. Dann steckte ich Oma die Ohrstöpsel in die Ohren und stellte den mp3 Player an.

„Mendocino" von Michael Holm lief gerade. Es war eines der Lieblingslieder meiner Frau. Ich überlegte, von wann das Lied sei und dachte so an 1969 und lag wohl richtig.

Oma kannte es und summte mit.

„Das ist aber eine moderne Technik, meine Güte" meinte Oma.

„Ja, so ganz ohne Kassetten, Omma. Es ist ein Speicherchip drin, der die Musik beinhaltet."

„Lasst mich bitte mit diesen Erklärungen in Ruhe, mir brummt schon der Schädel" meinte sie und lächelte dann aber.

Sie holte ihren Geldbeutel hervor und gab jedem von uns 5 DM.

„Hier hat jeder von euch 5 DM. Ich freu mich ja so, euch zu sehen!"

„Cool, nen Heiermann", sagte Fabi.

„Kriegste wieder, Omma", sagte er.

„Nein, das ist ein Geschenk. Und kommt bald wieder, wenn es geht."

Wir verabschiedeten uns und sagten, dass wir wiederkämen.

Nach kurzer Beratschlagung, was wir denn jetzt tun sollten, gingen wir zu dem Laden, den wir aus unserer Kindheit noch gut kannten und Fabi kaufte sich zwei rare Matchbox Autos. Der Verkäufer schaute irritiert und Fabi sagte, er sei Sammler von Automodellen und das seit vielen Jahren. Ich konnte es mir nicht verkneifen, die neue Bravo zu kaufen. Wir waren damals beide riesige Fans von THE SWEET, Mott the Hoople, Mud, T.Rex, Suzi Quatro, Glitterband, Slade, Kiss, Alice Cooper und weiteren Glamrock- und Pop- und Rockgrößen.

„Noch ne Portion Pommes mit auf den Heimweg?" fragte ich Fabi, als wir wieder draußen waren.

„Klaro, aber immer, hömma!"

Mit einer Tüte Pommes auf der Hand machten wir uns auf den Rückweg und trotz einiger Strapazen, fanden wir den Weg zurück in unsere Zeit. Der Faden war ein großes Hilfsmittel. Einzig das Klettern aus der Grube nach oben über die Wurzeln der Bäume war etwas strapaziös. Da würden wir uns etwas anderes einfallen lassen müssen.

Wir schauten uns an, als wir wieder im Jahre 2015 waren.

„Die Luft war irgendwie besser zu atmen, oder?" fragte ich.

„Ja, der Himmel war richtig schön blau, dat gibbet heutzutage kaum noch, woll?"

„Wann wollen wir denn wieder zurück?" fragte ich ihn.

„Wir sollten uns ne Woche Urlaub nehmen und dann mal intensiv rumkrosen", meinte er.

„Drei Tage reicht auch", meinte ich.

„Haste recht, Alter. Hömma, dat Leben ohne Internet, Handy, Video, Kabelfernsehen und wat da noch so alles fehlt, ist doch relativ gewöhnungsbedürftig, alter Schwede."

Ich grinste und sagte: „Mir geht da nicht so viel ab…, mittwochs wieder „Mel Sondocks Hitparade im WDR" hören, klasse! Und samstags die „Schlagerrallye"… Die guten alten Zeiten…."

Fabi grinste.

„Ok, lass uns DM besorgen und dann kaufen wir uns für kleines Geld nen Karmann oder´n Brezel-Käfer, woll?"

„Das kaufen ist nicht so schwer, aber wohin für 42 Jahre mit dem Auto?" meinte ich.

„Mal nachdenken…" meinte Fabi.

„Du hattest doch vorhin die Idee mit der Garage. Omma kennt bestimmt jemanden, der uns eine vermieten würde, oder?"

„Dat is´n Rechenexempel, Alter. 42 Jahre mal 12 Monate sind summasumarum 516 Monate. Wenn dat gute Stück dann sagen wir im Schnitt 50 Mark kostet, biste so grob Pi mal Daumen einiges an Kohle los. Rechne mal grob: 600 Flocken im Jahr mal 42 Jahre, da kommt ne Menge Zaster zusammen, alter Schwede!"

„Stimmt, dat is dann ne Menge Holz. Dat lohnt nicht. Dat muss anders klappen…."

„Du musst dat anders sehen, Alter! Die Kohle haben wir dann ja schon gelatzt, Monat für Monat…."

Fabi grinste plötzlich.

„So isset! Wir stellen die Babies dann unter, gehen rübber und schon sind se in unserer Zeit! Geil!"

Jetzt musste ich auch grinsen. Diese Logik war irgendwie klasse!

Vorbereitung auf eine weitere Zeitreise

Die nächsten Wochen vergingen wie im Nu. Wir bereiteten uns auf die nächste Reise ins Jahr 1973 akribisch vor. Unsere Frauen und Kinder sollten vorerst noch nichts davon erfahren. Oma Elfi konnten wir auch nicht mehr fragen, denn sie war vor ein paar Jahren friedlich eingeschlafen. Vielleicht konnten wir jemanden kontaktieren, der jetzt noch lebte und sich an uns in der Vergangenheit erinnerte, dachten wir uns.

Wir spielten in Gedanken alle möglichen Szenarien durch, was wir alles unternehmen könnten.

Zuerst hatte Fabi einen größeren Posten an alten DM Münzen und Scheinen bei eBay erstanden. Es waren umgerechnet etwa 2000 Euro, also knapp 4000 DM gewesen. Um damit einen gut gepflegten Karmann Ghia Typ 34, den edelsten aller Wagen, wie ich finde, zu erstehen, brauchte man Glück. Aber es sollte ganz anders kommen….

Das Thema Kleidung durfte auch nicht unterschätzt werden.

Fabi besorgte in einem Second Hand Laden für jeden von uns eine extracoole Schlaghosenjeans. In seiner war ein Loch drin und er nähte sich einen Smiley darauf.

Ich bekam ein knalliges oranges Rüschenhemd und hatte Glück mit den Schuhen. Plateauschuhe gibt es ja jetzt auch wieder zu kaufen, aber meistens nur bis Größe 45. Gebraucht bekam ich ein Paar in Größe 47, die so halbwegs passten.

Fabi bekam silberne Stiefel, wie sie auch einige Glam-Rocker bei ihren Auftritten trugen. Da er seine Haare ganz kurz geschoren trug, besorgte er sich eine 70er Jahre Perücke, die aussah wie die Frisuren in der Zeit damals. Ich besorgte mir eine Schirmmütze, die schön poppig bunt war, da ich ein absoluter Mützenfan bin. Meine langen Haare passten ja auch wunderbar in die Zeit. Die engen Hosen waren in der Leistengegend wieder sehr gewöhnungsbedürftig, aber ich gewöhnte mich schnell daran.

Unsere Frauen schauten recht irritiert drein, als wir uns vor ihnen mit den Klamotten präsentieren.

„Wo ist denn die 70er Fete?" fragte Fabi´s Frau.

„Och, in Ronsdorf. Aber da du diese Mukke nich magst, geh ich mit Rallie allein hin, woll?"

„Ziemlich authentisch", meinte seine Frau.

„Sogar die Plateauschuhe. War schon eine furchtbare Mode und Zeit…."

„Find ich nich, hömma", sagte er und verlies grinsend das Haus.

Fabi ging auf seinen roten 1500er Käfer zu, als ein Nachbar ihn sah.

„Wo gehst du denn hin?"

„70er Fete", sagte Fabi schlagfertig.

„Das sieht man. Du wirst auch nie erwachsen, oder?" fragte ihn der Mann, der doch einige Jährchen jünger als er war.

„Nee, nie", meinte Fabi und streckte ihm in Gene Simmons Manier die Zunge raus und lachte.

Im Auto hatte er so einen Musikwürfel am Spiegel hängen und dort steckte ein USB Stick drin.

Er kurbelte das Fenster runter und drehte, nachdem er den satten Sound des Motors hatte aufheulen lassen, die Mukke auf.

„No more Mr. Nice Guy" von Alice Cooper dröhnte es zur Straße hinaus.

Fabi genoss es in allen Zügen!

Seinen Stick hatte er nur mit Musik von 1971 bis 1976 mit Mukke der guten alten Zeit bestückt.

Als dann „Cum on feel the noize" von Slade aus dem winzigen Teil in recht guter Qualität erklang, fühlte er sich wieder in die 70er Jahre zurückversetzt.

Schade, dass das legendäre Sweet Konzert erst 1974 stattfindet, dachte er noch….

Damals waren sie zum ersten Mal auf so einem Konzert gewesen und es war für alle Zeit im Körper verankert….

Ich hatte an unserem Wunschtage auch mein passendes Outfit an.

Einen älteren VW Bus hatte ich mir wieder besorgen wollen, aber auf die Schnelle ging das nicht.

Deshalb fuhr ich mit meinem alten Geländewagen los. Im Winter, wenn viel Schnee und Eis lag, hatte er mir schon gute Dienste geleistet. Dort war ein Radio eingebaut, dass es zuließ, ihn mit einem USB-Stick zu bestücken und bei mir kam „Ballroom Blitz" von The Sweet aus den Lautsprechern. Ich hatte ebenso wie Fabi Glamrock Songs bevorzugt, aber auch zwischendurch etwas ruhigere Titel dabei. Ich hatte mich nicht an die Grenze von 1976 gehalten, denn auch danach gab es einige Titel, die voll zu Ohrwürmern geworden waren. Mein Favorit aber war natürlich Roy Wood und seine Band Wizzard, die ich total gerne hörte. Auch zu alten The Move Zeiten in den 60er Jahren mochte ich Roy Wood schon. „See my Baby jive" dröhnte es aus den Lautsprechern und ich sang laut und kräftig mit, als ich unterwegs zu unserem Treffpunkt war.

Beide kamen wir pünktlich an und ich staunte nicht schlecht, als Fabi ausstieg….

Er sah aus, als wolle er in der „Disco 73" von Ilja Richter auftreten. Perfektes Outfit.

Wir begrüßten uns mit einer Umarmung.

„Alter, lass es rocken", sagte er und ging zu meinem Auto und drehte die Mukke weiter auf.

„Get it on" von Marc Bolan und T.Rex dröhnte es jetzt.

Ich schaute ihn an.

„Wie alt biste denn, Keule?" fragte ich ihn.

„Achtzehn und ein paar Zerquetschte", sagte er grinsend.

„Ich fühl mich auch so", meinte ich.

„Mach ma die Mukke aus", sagte er plötzlich.

Ich reagierte sofort.

Von hinten kam ein Polizeiwagen angefahren.

Die beiden Polizisten sahen uns dort stehen und kamen näher.

„Es ist heute Klassentreffen im 70er Jahre Look", sagte Fabi gedankenschnell zu den beiden Männern, als der erste das Fenster heruntergekurbelt hatte.

„Super Outfit", kam als Antwort eine Stimme hervor.

Damit hatten wir auch nicht gerechnet.

Der erste Polizist stieg aus.

„Ich bin Jahrgang 60 und kann mich noch gut an die gute alte Zeit erinnern", sagte er plötzlich wehmütig.

„Die heutige Musik ist doch nichts. Nur Techno und Rap und so. Damals, ja…."

Er machte eine Pause.

„Damals, das war noch handgemachte Musik….“

Fabi reagierte blitzschnell.

„Was waren denn ihre Lieblinge damals?" fragte er ihn.

„Na, den Brian Connolly machte ich immer nach. Ich trug die Haare wie er und in der Schule himmelten mich die Mädchen an….“

„Dat gibbet doch gar nich", sagte Fabi und plötzlich war er wieder Jugendlicher in all seiner Statur.

„Bei mir war et genauso… Ich hatte auch Brians Frisur mit Innenrolle und so, woll?"

Der Polizist stutzte plötzlich.

„Bist du das, Fabi?" fragte er.

Fabi stutzte. Woher kannte der Polizist ihn.

„Ich bin´s, der Micha. Wir waren in der gleichen Schule."

Fabi überlegte kurz und dann machte es scheinbar „Klick" in seinem Kopf.

Er erinnerte sich.

„Der Micha, der immer zwei Freundinnen gleichzeitig hätte haben können vor lauter Beliebtheit?"

„Genau der", antwortete der Mann, der jetzt aber nicht mehr wie ein Sonnyboy aussah. Die Jahre waren nicht spurlos an ihm vorbeigegangen.

„Wo ist denn die Fete. Ich komme auch, wenn es geht."

Oh je! Fabi war jetzt verdutzt. Das konnte ja heikel werden….

„Äh… Es ist mehr privat. Vielleicht kannst du beim nächsten Mal dabei sein", sagte er.

Der Polizist grinste und sagte: „Ok! Ich muss mir dann vorher aber erst so´n kultiges Outfit wie ihr besorgen. Ich geb dir mal meine Handy Nummer. Übertrag mal mit Blutooth", sagte er und holte sein Handy heraus.

Fabi reagierte wieder einmal sehr schnell.

„Alter, wir sind in echtem Outfit unterwegs, daher auch ohne Handy. Ich schreib mir deine Nummer auf einen Zettel, woll?"

Der Polizist lächelte und sagte Fabi seine private Nummer.

Fabi bedankte sich und die beiden Polizisten fuhren lächelnd von dannen.

„Alter Schwede, du warst mit dem auf einer Schule?" fragte ich.

„Jepp!"

„Man weiß nie, wofür man noch die Hilfe von ihm brauchen kann", sagte Fabi und legte die Telefonnummer in sein Handschuhfach.

Wir ließen unsere Autos stehen und gingen jetzt den gleichen Weg wie damals. Es war nur sehr umständlich mit den Plateauschuhen in der Höhle zu laufen.

„Wie wär's, wenn wir nächstes Mal uns erst am Ende der Höhle umziehen?" fragte ich Fabi.

Er schwitzte unter seiner Perücke.

„Geile Idee, Alter", sagte er.

Wir kamen ohne Zwischenfälle bei Oma Elfi an. Obwohl es 1973 war, schauten uns doch einige Passanten an. Da wir so bunt herumliefen und das nicht unbedingt außerhalb der Showbühnen sonst geschah.

Unsere Oma war daheim und sagte, als sie uns sah: „Ihr lauft ja rum wie in der Hitparade…."

„Das ist ja die Absicht, Omma", sagte ich schmunzelnd.

Stief-Opa Hermann war auch gerade da, aber er sollte nicht wissen, wer wir sind.

Oma sagte: „Er ist krank und liegt im Bett. Aber sein alter VW 1600 Variant steht ja unten. Vielleicht möchtet ihr mit mir nach Elberfeld fahren? Ich war schon lange nicht mehr in der Stadt."

So etwas ließen wir uns nicht zweimal sagen….

Nach wenigen Minuten saßen wir im Auto und wir einigten uns darauf, dass Fabi den Hinweg und ich den Rückweg fuhren. Oma hatte ja keinen Führerschein.

„Jungs", sagte Oma nach einer Weile. „Ihr seid ja noch Jugendliche in 1973. Wenn ihr jetzt von der Polizei angehalten werdet…."

„Das sind wir heute schon, Omma", meinte Fabi grinsend „und er war mit mir auf einer Schule…."

Ich musste ausgiebig lachen….

In der Stadt

Während der Fahrt lief im Radio wirklich schöne Musik.

Wir summten mit und auch Oma Elfi freute sich über die Fahrt.

In Elberfeld sah alles völlig anders aus.

Fabi parkte in einer Seitenstraße.

„Hier wohnte früher ein Kumpel von mir", sagte er.

„Der war DJ in späteren Jahren. Den könnten wir doch aufsuchen…."

„Lass mal sein, Alter", meinte ich.

„Lass uns erst mal sehen, wie wir hier auf die Leutz wirken…."

„Geil!" rief Fabi plötzlich.

„Ein edelster Brezel-Käfer in Top Qualität!"

„Fabi, achte auf deine Wortwahl! Dein Ruhrpott Dialekt passt ja, aber Worte wie „geil" und so…, das ist ein völliges „no-go"!"

„Jepp", sagte er, „aber „no-go" auch!"

Ich musste ebenfalls lachen!

Oma verstand uns nicht und schüttelte den Kopf!

Wir gingen in die Fußgängerzone und einige Mädels verdrehten sich den Kopf nach uns, was ihre männlichen Begleiter nicht sehr gerne sahen.

Plötzlich blieb Fabi stehen.

„Da vorne ist ne Praktikantin von unserer Schule damals. Die Biggi. In die war ich mal voll verschossen!"

Ohne abzuwarten, was ich sagen würde, ging er auf den großen Springbrunnen zu und stellte sich neben Biggi.

Sie trug eher Hippie Klamotten und einen großen Hut. Er hatte sie nach 42 Jahren gleich wiedererkannt. Das musste damals aber eine große Liebe gewesen sein. Ich schätzte Biggi auf etwa 19-20 Jahre ein. Sie war sehr hübsch und das Outfit, das sie trug, erinnerte mich an das Musical „Hair". Fabi´s blonde Perücke saß gut meiner Meinung nach. Es erinnerte an die Frisur eines Sängers der damaligen Zeit, der im Duett mit einer Frau auftrat.

„Kennen wir uns?" fragte Biggi und schaute Fabi an.

Er grinste und sagte: „Ja."

„Woher?" fragte sie.

„Aus Ronsdorf" antwortete er.

Sie war irritiert und meinte zu ihm:

Bist du, äh, sind Sie Popstar, oder so?"

„Du kannst ruhig beim „Du" bleiben, Biggi", sagte Fabi.

„Du weißt sogar meinen Namen?" fragte sie irritiert.

„Ja, ich bin so was wie ein Popstar, aber nicht hier, sondern später", sagte er und verdrehte dabei etwas die Tatsachen.

Biggi schaute ihn an und sagte ganz frech:

„Aber du bist schon über dreißig! Dein Gesicht hat schon ein paar Fältchen. Woher soll ich Männer kennen, die so alt sind?"

Fabi wusste nicht, ob er sich freuen sollte, auf dreißig geschätzt worden zu sein oder über die Hochnäsigkeit älteren Menschen gegenüber.

„Ja, aber wir kennen uns trotzdem. Ist doch egal. Ich brauche für Vorführzwecke einen günstigen alten Brezelkäfer oder einen Karmann Ghia. Kannst du mir da weiterhelfen?"

Sie überlegte und sagte dann: „Mein Cousin Edgar hat einen Gebrauchtwarenhandel. Schaut doch mal bei dem vorbei. Sagt ihm, dass ihr mich kennt, dann macht er euch vielleicht einen Sonderpreis."

Dann nannte sie uns die Adresse.

Unsere Oma, hatte wie ich, auch alles mit angehört und meinte zu mir: „Fabi ist noch genauso dreist im Ansprechen von Mädels wie damals."

Ich nickte nur und musste dann unwillkürlich schmunzeln.

Wir verabschiedeten uns von Biggi und wollten dann zu der Straße gehen.

Oma sagte: „Jungs, das ist aber in Barmen, ich kenne die Straße. Kommt, ich lade euch ein, mit mir Schwebebahn zu fahren. Das mache ich viel zu selten."

Wir willigten ein und fuhren mit der Schwebebahn bis zum Alten Markt in Barmen.

Dort vereinbarten wir mit Oma, dass sie mit dem Bus heimfahren würde, wenn wir uns bis 18 Uhr nicht am Treffpunkt am Alten Markt gemeldet hätten. Wir sollten dann das Auto zurückbringen und ihr den Schlüssel und die Papiere bringen.

Fabi und ich liefen die wenigen hundert Meter bis zu dem Gebrauchtwarenhändler zu Fuß.

Als wir dort ankamen, bekamen wir noch größere Stilaugen, als es ohnehin schon um uns herum stattfand.

Als Liebhaber alter Autos war heute sowieso schon Weihnachten und Ostern an einem Tag und wir waren überglücklich.

Bei dem Gebrauchtwarenplatz von Edgar allerdings gingen uns fast die Augen über. Drei guterhaltene Karmänner und zwar Typ 34, also der Große, standen dort zum Verkauf.

Ich hatte meine ganz kleine Mini Digitalkamera dabei, in der ein eingebauter Chip integriert war und knipste einige der Modelle.

„Was machen Sie denn da?" fragte uns plötzlich ein Mann.

Ich ließ die Kamera schnell in der Hosentasche verschwinden.

„Wir interessieren uns für die Karmänner. Dürfen wir die mal von innen sehen?" fragte Fabi den Mann, der sich als Verkäufer herausstellte.

„Sind Sie Edgar?" fragte Fabi ihn.

„Ja, in der Tat", sagte er noch etwas missmutig.

„Biggi, ihre Cousine, empfahl uns ihre Gebrauchtwagen", sagte Fabi und grinste süffisant.

„Ja, dann, nur herein marschiert, die Herren" meinte er und machte eine einladende Handbewegung.

Fabi ging zielstrebig auf einen weißen 34er Karmann zu.

„Dat Dingen is ja wohl voll der Traum, hömma", sagte er zu mir.

„Ah, der Wagen gefällt den Herrschaften?" meinte Edgar.

„Brauchst nich so geschwollen zu reden, Keule", sagte Fabi.

Edgar räusperte sich und sagte: „Das bin ich hier so gewohnt. Aber bitte…."

Dann öffnete er die Fahrerseite des Karmanns und Fabi stieg einfach ein.

„Voll Stark, hömma. Dat Teil ist edelst. Wat soll der denn kosten, Edgar", sprach er den Verkäufer an.

„2500 Mark Verhandlungsbasis. Er ist in einem gepflegten Zustand, aber schon fast vier Jahre alt und hat schon 100.000 km herunter. Deshalb ist er so günstig."

Fabi überlegte.

„Ich hab 2000 Mark dabei und wenn ich nach ner Probefahrt zufrieden bin, würde ich ihn nehmen."

Edgar überlegte und legte die Hand ans Kinn.

Er rang mit sich, ob er das Geschäft machen wollte.

„Ach ja, Überführungskennzeichen bis Ronsdorf bräuchte ich auch oder du fährst mir dat Schätzken hoch ins Bergische Land. Is dat´n Deal?" fragte er und grinste.

Edgar schien der Preis zu passen, denn er willigte ein.

Die Probefahrt machte Fabi mit Edgar auf der Beifahrerseite.

Ich hatte in der Zeit die Möglichkeit, mir die anderen beiden 34er Traumautos anzusehen. Der dunkelgrüne Karmann gefiel mir auf Anhieb. Ich hatte Glück und er war ebenfalls unverschlossen und deshalb setzte ich mich hinein. Es war ein Radio eingebaut und ich schaltete es an.

„Metal Guru" von T.Rex dröhnte es aus den Boxen. Das war eine feine Zeit, fürwahr….

„It never rains in Southern California" von Albert Hammond folgte danach und ich pfiff genüsslich die Melodie mit. Leider quatschte der Moderator, wie das oft so Usus ist, in das Ende des Liedes hinein. Ich wollte gerade meckern, als Fabi und Edgar zurückkamen.

„Wir haben den Deal schon mündlich ausbaldowert", sagte Fabi.

Ich nickte und schaute auf den Karmann, in dem ich saß.

„Gefällt er dir, Keule?" fragte Fabi.

„Jau!" ließ ich knapp verlauten.

„Whisky in the Jar" von Thin Lizzy erklang gerade.

Mir rutschte die Bemerkung „ein hammerstarkes Teil" heraus, doch dann machte ich schnell das Radio aus.

„Was kostet denn der Karmann?" fragte ich Edgar.

„Der ist etwas günstiger, da er schon über 200.000 km auf dem Tacho hat. Er kostet 1000 Mark."

Meine Augen leuchteten!

„Den möchte ich!"

„Hast du so viel Kohle, Rallie?" fragte mich Fabi.

Ich nickte. Exakt 1000 DM hatte ich mir besorgt. Gut, wenn ich jetzt den Karmann kaufen würde, wäre ich ohne Kohle und wir hatten doch noch einiges vor.

Fabi war abgebrühter als ich.

„Wir machen ne Probefahrt und testen ihn erst."

Zu dritt hockten wir dann im Karmann und Fabi meinte, ich solle nach Elberfeld fahren, da er noch den Variant holen müsste. Ich fuhr also auf der Talsohle nach Elberfeld und danach wieder Richtung Barmen. Zwischendurch mussten wir tanken, denn Edgar hatte nur ganz wenig Sprit im Tank gelassen. Edgar stieg aus und tankte 10 Liter verbleites Benzin. Es kostete 65 Pfennig der Liter. Danach ging es zurück zu seinem Platz.

„Kann ich noch etwas handeln?" fragte ich Edgar.

„Ich hab zwar genau 1000 Mark gespart, aber ich muss ihn auch noch anmelden, Schilder kaufen und…."

„Kannste dir sparen, das Herumgerede. Ich lass dir 50 Mark nach", meinte er.

„Hundert!", rief Fabi, der auch gerade angekommen war und in die Diskussion eingriff.

„Meinetwegen, aber heute noch."

„Klaro. Nur Bares ist Wahres, woll?" meinte Fabi.

Sie einigten sich, dass Edgar beide Karmänner nach Ronsdorf bringen würde und vor Omas Haus abstellen sollte.

Wir trafen Oma Elfi zur vereinbarten Zeit und sie fuhr mit mir im Variant heim. Fabi überführte mit roten Nummern seinen Karmann und Edgar den anderen Karmann, welchen ich bezahlt hatte. Ein Angestellter von Edgar organisierte die Abholung seines Chefs.

Am Abend standen beide Karmänner abgemeldet bei Oma Elfi auf dem Hof.

„Ich hab da eine Idee", sagte Oma Elfi, nachdem beratschlagt wurde, wie wir die Autos durch die Zeit bekommen sollten.

„Eine Bekannte von mir, die Roswitha, hat einen alten Bauernhof im Bergischen drüben. Versucht doch einmal herauszubekommen, ob sie noch lebt in eurer Zeit und ich frage sie, ob ihr eure Autos dort einlagern dürft."

Wir waren mit dem Vorschlag einverstanden.

In einem Bekleidungsgeschäft kauften wir Turnschuhe und jeder einen unauffälligeren Pullover und ließen die anderen Klamotten bei Oma Elfi. Dann reisten wir nach 2015 zurück, um am nächsten Tag zu erkunden, ob Roswitha noch lebte.

Die Garagen

Am nächsten Morgen, wir hatten ja noch Urlaub, fuhren wir ins Oberbergische Land hinüber. Den Hof von Roswitha fanden wir schnell. Ein langhaariger Typ kam uns entgegen.

Er war mir dank seiner langen Haare sehr sympathisch.

„Howdy!" begrüßte er uns.

„Geiler Käfer, den ihr da habt", sprach er weiter.

Fabi antwortete: „Ist das der Hof von Roswitha?"

„Das war meine Omma", sagte der langhaarige Typ.

Fabi kam gleich ohne lange Vorreden zum Punkt.

„Ich hörte mal von meiner Omma Elfi, dass deine Omma mit ihr befreundet war und man hier für kleinet Geld Autos einlagern könnte."

Der Typ grinste und sagte: „Ah ja, die Elfi. Sie ist nett. Ich hab sie früher als Teenie kennengelernt. Ich erinnere mich. Wat willste denn einlagern? Deinen Käfer?"

Fabi überlegte. Sollte er zu viel ausposaunen?

„Et geht um nen Karmann und vielleicht noch etwas mehr, hömma."

„Wenn du mir beim Schrauben hilfst, kein Thema. Platz ist ohne Ende da. Wieviel Garagen willste denn haben?"

Fabis Augen leuchteten.

„Zwei Stück wären klasse. Eine für mich und eine für meinen Cousin hier." Dabei zeigte er auf mich.

„Klar, ist machbar. Die stehen sowieso seit Ende der 60er Jahre leer."

„Super, dann gib mir die Schlüssel und wir räumen das Gerümpel da drinnen leer und dürfen dann unsere Autos holen, ok?" fragte Fabi.

„Geht klar, aber ich brauche von euch Hilfe vom Schrauben an meinem 411er."

„Du hast 'n 411er? Im Ernst?" fragte Fabi.

Er nickte und sagte: „Ich bin übrigens Hajo."

Fabi stellte uns vor und gemeinsam gingen wir zu dem 411er um ihn zu bestaunen.

Hajo zog jetzt seine Kutte aus und darunter war ein Shirt von Slade zu sehen.

„Alter, bist du auch Glamrock-und 70er Kultmukke-Fan?" fragte ich ihn.

„Klaro! Ihr auch?"

Wir nickten. Er drehte sich ne Zigarette und fragte, ob wir auch wollten.

Wir verneinten beide höflich.

Es stellte sich heraus, dass Hajo den VW 411 geerbt hatte und zwar von jener Oma, die mit unserer Oma befreundet war.

Wir versprachen ihm, ein bis zweimal im Monat beim Schrauben zu helfen und schauten in die Garagen hinein. Sie waren fast leer.

„Wat meinste, wat der große Augen kricht, wenn plötzlich unsere Karmänner da drin stehen, hömma" meinte Fabi grinsend.

„Wir müssen jetzt in 1973 mit Omma zu ihrer Freundin und sie überzeugen, dass unsere Karmänner da eingelagert werden dürfen….

Die Einlagerung

Am nächsten Morgen waren wir schon früh bei Oma Elfi und fuhren mit ihr in Hermanns Variant ins Oberbergische.

Nach 20 Minuten waren wir da.

Fabi hatte sich einen Gag gemacht und seinen mp3 Player mitgenommen und während der Fahrt lief die ganze Zeit gute alte Mukke. Natürlich in gemäßigter Lautstärke, damit Oma nicht schimpfte.

Die Verhandlung mit Roswitha ging einfacher vonstatten, als wir dachten. Sie war Oma noch einen Gefallen schuldig und wir konnten die Garagen auf unbefristete Zeit bekommen.

Fabi hatte noch genug Geld dabei und wir fuhren noch einmal nach Barmen zu Edgar.

Wir erzählten ihm, dass wir zwei Garagen für die Karmänner hätten, um sie erst einmal dort zu parken, da wir sie erst später anmelden könnten, da momentan zwei angemeldete Autos zu kostspielig seien. Für 50 Mark liehen wir uns seine Überführungskennzeichen und Fabi gab ihm das Versprechen, sie bis Feierabend zurück zu bringen.

Es klappte alles tadellos. Mit dem Variant und jedem Karmann Ghia ging es zweimal ins Oberbergische zum Einlagern in den Garagen. Danach tankten wir den Variant voll und gaben Edgar auch die roten Schilder wieder.

Wir hatten jetzt noch etwas Zeit und Fabi fand in Elberfeld einen Zettel, der für einen privaten Flohmarkt warb.

Das wollten wir uns auf keinen Fall entgehen lassen und parkten den Variant in der Straße, wo der Flohmarkt stattfand.

Es war ein sogenannter Garagen-Flohmarkt.

Es waren kaum Interessenten dort, da die Frau des Hauses gerade am Aufbauen war und wir scheinbar zu früh kamen.

„Können wir schon mal krosen?" fragte Fabi.

Die Frau schaute uns an und meinte:

„Seid ihr Sammler?"

„Nicht direkt", meinte Fabi, „wir schauen nach außergewöhnlichen Dingen oder Geschenken zum Mitnehmen."

Die Frau nickte.

„Das meiste kostet 1-2 Mark pro Stück, ein paar Sachen sind billiger und manche Stücke auch teurer."

Fabis Augen leuchteten.

Er erstand 14 VW Käfer Modelle des jetzt pubertierenden Sohnes der Familie für jeweils 1 Mark das Stück. Dazu eine glitzernde Hose in seiner Größe und einige Smiley Aufnäher.

Ich hatte mir 2 VW Bulli Modelle gekauft und wir wollten gerade gehen, als die Tochter des Hauses eine Kiste mit Vinyl Singles brachte.

Fabi schaute sie an und erschrak!

„Was hast du denn?" fragte ich.

„Ich glaub, Alter, getz is et so weit, hömma."

Ich verstand nicht.

Er ging auf sie zu und sagte zu ihr: „Du bist das schönste Mädchen, was ich je gesehen habe."

Sie errötete und wusste nicht, was sie sagen sollte.

Ich musste objektiv anerkennen, dass sie wirklich eine Schönheit war. Geschätzte 17-18 Jahre alt, mittelblonde, lange Haare, kein Make-up im Gesicht, nur ihre reine Schönheit zeigend, trug sie eine bunte Bluse und eine Schlaghose. Ich schaute auf ihre Schuhe und die steckten in Plateauschuhen. Jedoch waren diese gemäßigt. Sie war sehr grazil und schlank.

„Ich kaufe dir deine Singles ab, wenn du dafür eine Stadtrundfahrt mit uns machst und alles zeigst, was mit Glamrock zu tun hat", sagte er zu ihr.

Sie musste ihn für einen Spinner gehalten haben, denn sie schaute irritiert.

Ich ging dazwischen.

„Was mein Cousin meint, ist, dass wir hier fremd sind und gerne alles über die moderne Glitter- und Glamrock-Musik erfahren würden und wo es Gebrauchtes zu kaufen gibt. Er ist so fasziniert von dir, da du einer früheren Freundin von ihm fast bis aufs Haar ähnelst."

Ich hatte das bewusst so gesagt, damit sie mich verstand und ich jetzt wusste, warum Fabi so reagiert hatte. Seine erste große Liebe, Britt, sah ihr zum Verwechseln ähnlich.

„Ich heiße übrigens Anja", sagte sie und lächelte jetzt.

Wir stellten uns auch vor.

Im Karton waren knapp 100 Singles und Fabi bot ihr pro Stück 1 Mark an, wenn sie quasi Fremdenführerin machen würde.

Sie schaute ihre Mutter an. Die zuckte mit den Achseln.

„Musst du wissen, Kind, du bist alt genug. Du kannst ja Bello mitnehmen."

Jetzt lächelte Anja. Bello war ihr Schäferhund und er gehorchte ihr aufs Wort.

Wir einigten uns und etwa 15 Minuten später lotste uns Anja in alle kultigen Ecken und Winkel von Wuppertal.

In einem Schallplattenladen gab es nicht nur die neuesten Scheiben aus England zu kaufen, sondern auch gebrauchte und Restposten.

„Hot love", "Jeepster" und „Get it on" von T.Rex, „Rock´n Roll Part 2" von Gary Glitter, "Wigwam Bam" von The Sweet und "Schools out" von Alice Cooper gab es verbilligt für 2,50 Mark das Stück.

Dort, wo man in die neuen Scheiben hineinhören konnte, saß ein Kumpel von Fabi aus Jugendtagen und lauschte andächtig einer Platte.

„Alter Schwede, dat is Rolf. Den quatsch ich mal an. Sag aber nicht Fabi zu mir, sonst errät er noch was, ok?"

Ich nickte.

Fabi schlenderte zu Rolf rüber und setzte sich nehmen ihn auf den Hocker an den Tresen. Dahinter standen vier Plattenspieler.

Fabi sah, dass Rolf „Middle of the Road" hörte.

Als das nächste Lied zu Ende war, deutete er ihm an, die Kopfhörer herunter zu nehmen.

„Hey, du siehst einem Bekannten meines Neffen sehr ähnlich, der Rolf heißt", flachste Fabi.

Rolf schluckte!

„Ich heiße Rolf."

„Dann kennst du meinen Neffen Fabian, woll?"

Rolf nickte mit dem Kopf.

„Ich wollte ihm eine Schallplatte kaufen und wusste nicht so recht, welche ich nehmen kann. Da sah ich dich und dachte mir, du könntest es sein, da ich dich einmal mit ihm auf einem Foto sah."

Rolf schaute ihn an und sagte dann:

„Middle of the Road höre ich gerade, aber Fabi steht mehr auf Sweet, Slade, T.Rex, Mott the Hoople und so weiter. Mehr die härteren Scheiben."

„Danke schön Rolf, du hast mir sehr geholfen."

Daraufhin stand er auf und ging in den hinteren Teil des Ladens, wo Anja und ich warteten.

„Er hat meinen Geschmack genau gewusst", meinte Fabi. „Interessant…."

„Ich hab Kohldampf", sagte ich, als wir draußen vor dem Laden waren.

„Ja, Mac gibbet es noch nicht, " meinte Fabi halblaut, doch Anja hörte es nicht.

„Lust auf ne Runde Pommes?" meinte ich.

Die beiden nickten.

In der Pommesbude holte ich einen Zettel heraus.

„Schau mal, ich hab im Internet recherchiert, dass Sweet am 11. Dezember ´73 in Düsseldorf in der Rheinhalle spielen. Sollen wir dahingehen?"

Fabis Gesicht wurde strahlend.

„Klaro!"

„Hast du Lust mit uns zum Sweet Konzert zu gehen?" fragte ich Anja.

„Ja, klar", sagte sie.

„Prima, es findet am 11. Dezember statt."

„Aber das dauert ja noch, schade…" meinte sie etwas geknickt.

„Wir müssen ja auch im Vorfeld Karten besorgen. Das ist bestimmt ausverkauft…."

Sie schaute uns beide an und sagte:

„Ihr seid doch bestimmt schon dreißig oder so. Seid ihr nicht zu alt für diese Art von Musik?"

Wir schauten uns an und mussten laut loslachen.

„Für diese Musik ist man nie zu alt", sagte ich und musste wieder lachen!

Karmann Ghia Typ 34 mal zwei

Als wir wieder in der Jetzt-Zeit waren, fuhren wir mit Fabi´s rotem 1500er Käfer ins Oberbergische Land.

Hajo kam uns entgegen, als er uns sah.

„Na, wann wollt ihr denn eure Autos holen?" fragte er.

„Dat is schon erledigt", meinte Fabi und grinste dabei spitzbübig.

„Wie soll das vonstattengegangen sein?" wollte Hajo wissen.

„Schon mal was von Nacht und Nebel Aktion gehört, Hajo?" sagte ich leicht mysteriös klingend.

Hajo kratzte sich am Ohr und nahm von dort die fertig gedrehte Kippe und steckte sie sich an.

Wir gingen zusammen zu den beiden Garagen.

Etwas unheimlich war uns schon zumute, denn wir hatten ja erst vor kurzer Zeit die Autos in die Garagen gestellt und mit Tüchern abgedeckt. Wie war es unseren Kostbarkeiten ergangen?

Fabi öffnete „seine" Garage mit seinem Schlüssel zuerst und dann kam der große Moment: Er zog die Tücher von dem Auto weg und da stand er: Sein Karmann Ghia Typ 34 in ähnlicher Qualität wie vor 40 Jahren, als er eingelagert wurde.

„Wow!" rief Hajo.

„Ein Traumauto. Ein großer Karmann!"

„Der Mann hat Geschmack und kennt sich aus", lobte ihn Fabi.

Ich öffnete danach „meine" Garage und auch mein Karmann kam in fast so guter Qualität zum Vorschein.

„Wo treibt man denn zwei solcher Schätzchen heutzutage auf?" fragte Hajo irritiert.

„Weißt du, die stammen aus den 70er Jahren, genauer aus…."

Hajo unterbrach Fabi.

„Dass die so alt sind, weiß ich auch, aber das ist ja der Wahnsinn, der Hammer…."

Hajo konnte sich nicht satt genug sehen.

„Darf ich mich mal reinsetzen?" fragte er mich.

„Aber nur ohne Fluppe und Tabakgeruch. Erst die Zichte ausmachen und dich dann von mir abklopfen lassen, damit mein Auto nicht nach Nikotin riecht."

„Ist der immer so?" fragte Hajo dann Fabi.

„Jepp! Absolut extremer Nichtraucher!"

Hajo nahm noch einen Zug, schnippte die Kippe auf die Erde, trat sie aus und ging kurz ins Freie. Dann bekam er von mir ein paar sanfte Abklopfer auf Rücken und Brust und dann sagte ich zu ihm:

„Jetzt darfst du Platz nehmen."

Hajo grinste. Er war fast so groß wie ich, etwa 1,85 cm und musste beim Einsteigen den Kopf einziehen.

„Geiles Teil!"

„Finden wir auch", meinten Fabi und ich fast gleichzeitig.

Da ich leichtsinnigerweise in der Vergangenheit den Schlüssel hatte stecken lassen, drehte Hajo den Schlüssel herum. Bevor ich nur etwas sagen konnte, schnurrte der Motor. Das hätte auch böse schief gehen können.

„Wow! 40 Jahre und jetzt so ein Schnurren…" entfuhr es Fabi.

„Wie meinst du?" fragte Hajo verwirrt.

„Insiderwitz, verstehst du nicht", konterte Fabi.

Hajo legte den Rückwärtsgang ein und wollte gerade zurückfahren, als ich „STOP!" rief.

Er trat erschrocken auf die Bremse!

„Ich möchte ihn erst auf Herz und Nieren prüfen, bevor ich fahre, weißt du…."

Er schaute jetzt komisch.

„Aber er wurde doch auch hierher gefahren…."

„Aber das ist schon länger her", meinte ich nur leise.

Er hatte es nicht gehört.

Nach kurzer Zeit verschlossen wir unsere Garagen wieder und dieses Mal waren die Karmänner gut geschützt.

Hajo wurde erklärt, dass wir bald wiederkämen und auch ihm in Bälde beim Schrauben helfen würden.

Als wir auf dem Rückweg Richtung Ronsdorf waren, meinte Fabi: „Das hat ja gut geklappt. Sollen wir die Karmänner vertickern, Alter? Wat meinste?"

„Wat bringt so einer denn?"

„10 bis 15 Riesen bestimmt und dann holen wir uns nen anderen. Wat sachste dazu?"

Ich nickte.

Plötzlich ging Fabis Handy. Er konnte gerade elegant an den Straßenrand fahren.

Er meldete sich. Hajo war am Apparat. Das Gespräch dauerte nur wenige Minuten.

„Was wollte er?" fragte ich.

Fabi lächelte verschmitzt.

„Ob wir einen oder beide vertickern, wollte er wissen, hömma.

„Was hast du gesagt, Fabi?"

„Dat is möglich, wenn der Preis stimmt."

„Hat er wat geboten?" hakte ich nach.

Er grinste und sagte: „Ein Kumpel von ihm sammelt Käfer, Bullis und Karmänner. Er hätte ihn angerufen, von unseren Schätzken wat verzällt und der Typ wäre Feuer und Flamme gewesen."

„Lass uns zurückfahren und Nägel mit Köppen machen, Alter", meinte ich.

Fabi nickte und drehte um.

Nach 15 Minuten waren sie wieder auf dem Hof von Hajo.

Als er uns sah, strahlte er und kam auf uns zu.

„Mein Kumpel ist von Beruf Sohn, woll?" sagte er.

„Der zahlt gut, wenn die Karmänner noch tiptop sind."

„Ruf ihn an, er soll herkommen. Geht dat, hömma?" fragte Fabi.

„Sicher", meinte Hajo.

30 Minuten später war Jürgen, der Kumpel von Hajo da.

Er kam mit einem edelsten 911er Porsche angerauscht.

Nach einer kurzen Begrüßung zeigten wir ihm die beiden Karmänner.

Er war sichtlich beeindruckt und als es um den Preis ging, sagte er: „Ich geb euch für jeden 5000 Euro plus 5000 in Goldmünzen."

Fabi zögerte zwar, aber ich nahm sofort an.

Der Kauf ging innerhalb von 30 Minuten über die Bühne, da Jürgen das Geld und die Münzen bar dabei hatte. Die beiden Autos ließ er noch am gleichen Tag mit einem Autotransporter abholen. Er staunte nicht schlecht, dass beide Autos seit 1973 nicht mehr zugelassen waren….

Auf dem Nachhauseweg meinte ich zu Fabi: „Goldmünzen kann man auch in 1973 eintauschen, oder?"

„Eben nicht, Alter! Schau mal auf das, was drauf steht…."

Daran hatte ich nicht gedacht… Naja, egal, Goldmünzen konnte man in der Jetzt-Zeit immer zu Geld machen….

Anja merkt etwas

Bei unserem nächsten Besuch im Jahre 1973 war es schon Mitte Mai.

Einige Zeit war vergangen. Da wir aber auch arbeiten mussten und unsere Familien nicht zu sehr vernachlässigen, passten wir einen besonderen Zeitpunkt ab.

Zuerst besuchten wir wieder Oma Elfi und danach fuhren wir mit ihr im Bus nach Barmen.

Edgar, der Autohändler, zeigte sich erfreut, als er uns sah und wir Interesse an seinem dritten und letzten Karmann Ghia, Typ 34, zeigten. Fabi, der merkte, dass ich ein Auge auf das Auto geworfen hatte, bildlich gesprochen, schaute immer wieder einen grauen Brezelkäfer, Baujahr 1949, an.

Edgar sah das und meinte:

„Ja, diese sieht man auch nicht mehr so oft. Für den möchte ich 3000 haben. Und für den Karmann, den dein Cousin so anschmachtet 1500. Beide Preise sind schon absolute Tiefstpreise. Keine Verhandlungsbasis."

Fabi schaute ihn an und sagte: „Ich möchte beide reservieren lassen. Geht das für einen Tag? Ich zahle 100 Mark Kaution an."

Edgar zeigte sich einverstanden.

„Wir müssen die Goldmünzen eintauschen oder einschmelzen."

„Vergiss es, Fabi. In unserer Zeit sind die mehr wert, hab ich gegoogelt."

„Gut, dann besuchen wir Anja, ich hab was Nettes für sie."

Fabi grinste, als er das sagte.

„Biste in sie verknallt, Alter?" fragte ich.

„Dat nich, aber ich mag sie wie ne Tochter, oder so…."

Ich sagte nichts mehr und dachte mir meinen Teil. Hauptsache Anja verknallte sich nicht in Fabi….

Bei Anja angekommen öffnete ihre Mutter die Tür.

„Sie haben Glück, sie ist da", sagte sie.

Dann ging sie nach oben, um sie zu holen.

Wir bekamen beide eine Umarmung und Fabi gab ihr links und rechts auf die Wange ein Küsschen.

Sie errötete etwas und versuchte es zu vertuschen, indem sie nach unten schaute.

„Ich hab der schönsten Frau Wuppertals etwas aus meiner Zeit mitgebracht", meinte Fabi und zog ein Goldkettchen hervor.

Anja schaute irritiert.

„Weißte, dat Dingen is von meiner Mutter, aber et passt mir nich mehr. Ist nur 333er Gold, nicht allzu wertvoll, aber zu schade, um es herumliegen zu lassen, woll?"

Danach öffnete er den Verschluss und legte ihr das Kettchen an.

„Passt, wackelt und hat Luft", sagte er und grinste.

Anja schaute ihn an und sagte:

„Danke schön, Fabi, aber was meinst du damit, dass es aus deiner Zeit kommt?"

Fabi musste jetzt schlagfertig sein.

„Naja, da wo ich halt herkomme."

„Kommt ihr aus der Zukunft?" fragte sie jetzt plötzlich.

„Wie kommst du darauf, Anja?" fragte ich sie.

„Ich hab doch von Fabi mal ein Buch geschenkt bekommen, als ihr letztes Mal da wart und da waren hinten so Striche und Zahlen drauf. So was gibt es aber bei uns nicht."

Ich schaute Fabi an.

„Du hast ihr ein Buch geschenkt, wo ein Strichcode drauf ist?" fragte ich ihn entgeistert.

„Äh, ja, hab ich nicht dran gedacht. Ich hatte ihr im 1 Euro Laden ein Tagebuch gekauft. Blöd von mir, hab ich nich dran gedacht. Pech gehabt, woll?"

Anja schaute irritiert.

„Was ist ein 1 Euro Laden? Heißt das Teil da hintendrauf Strichcode? Was wird hier gespielt?" fragte sie.

Wir nahmen sie mit auf die Seite und ich begann sie zu fragen:

„Hast du schon einmal das Wort „Zeitreise" gehört?"

Sie nickte.

„Gut. Wir haben so einen Ort entdeckt, wo die Zeiten sich überlagern. Und zwar genau um 42 Jahre."

„Heißt das, ihr lebt 42 Jahre im Voraus, sozusagen?" fragte sie irritiert.

Wir nickten beide.

„Das ist doch super! Kann ich mal mitkommen?" fragte Anja und schaute uns abwechselnd an, wie ein kleines Mädchen, das vom Papa ein Eis möchte.

„Weißt du, Anja, es ist ja so: In unserer Zeit ist alles ganz anders. Deine Zeit hier in den 70er Jahren kennen wir beide aus dem Effeff. Wir sind beide über 50 Jahre alt", sagte ich.

„So alt seid ihr schon? Ihr seht aber viel jünger aus, wirklich."

„Danke schön, für das Kompliment, Anja", sagte ich. „Weißt du, meine langen Haare sind echt, ich trag sie auch in unserer Zeit. Fabi hat eine Perücke auf, denn in unserer Zeit ist es modern für Männer, die wenig Haare haben, sich den Kopf recht kurz scheren zu lassen und damit wäre er hier aufgefallen wie ein bunter Hund."

Fabi schaute nach links und rechts ob keiner zu sehen war und nahm die Perücke kurz herunter.

Anja fing an zu kichern.

„Das steht dir besser als diese alberne Perücke", sagte sie, „aber du hast schon recht, hier würde das auffallen und die fetten Koteletten hast du auch nicht."

„Fürwahr", sagte ich nur.

Fabi hatte eine Idee.

„Wenn wir dich mitnehmen, müssen wir dir aber die Augen verbinden, bevor wir zu der versteckten Stelle kommen, damit du sie nicht findest und auf eigene Faust dorthin gehst. Das ist Bedingung Nummer Eins. Nummer Zwei lautet, dass du niemandem davon erzählen darfst. Ist das ok, für dich?"

Anja nickte und freute sich.

Wir beschlossen, Anja bei einigen Dingen aufzuklären, was da auf sie zukommt. Sie war Feuer und Flamme!

Ich holte meinen mp3 Player heraus, welchen ich dabei hatte und erklärte ihr die Funktion. Sie wollte natürlich sofort einen haben.

„Was kostet so einer?" fragte sie mich.

Ich überlegte.

„Ich glaube, so etwa 25 Euro, das sind etwa 50 Mark", meinte ich.

„Euro?" fragte sie.

„Ja, am 1. Januar 2002 bekamen wir so ziemlich europaweit eine gemeinsame Währung. Von da an ging´s bergab, finde ich…."

Fabi nickte.

„Ja, als wir noch die harte D-Mark hatten, war alles anders."

Anja nahm den mp3 Player und hörte wieder hinein.

„Ziggy Stardust" von David Bowie war zu hören.

„Ihr habt so 'n Faible für Glamrock, oder?"

„Klar! Sweet, Slade, David Bowie, Mott the Hoople, Wizzard, Glitterband, um nur einige zu nennen…" meinte Fabi grinsend.

„50 Mark kostet so ein Teil nur?" fragte Anja.

„Jepp!"

„Wieviel Titel kann man damit hören?"

„Kommt auf den Stick bzw. Chip drauf an. Einige hundert, würde ich sagen", meinte ich.

„Warum kauft ihr dann noch Singles und LPs?" fragte sie.

„Aus Nostalgiegründen eben", meinte Fabi.

„Man kann die Songs aber auch auf CD brennen", schmunzelte ich.

„CD?" meinte Anja.

Dann begannen Fabi und ich Anja einiges über die Zukunft zu erzählen. Sie hörte genau zu und hing symbolisch an unseren Lippen, um ja kein Wort zu versäumen. Interessanterweise verstand sie recht schnell, was da auf sie zukommen würde – in unserer Welt.

Sie drängelte dann solange, bis wir bereit waren, sie drei Stunden mit in unsere Welt zu nehmen.

Anja ist schockiert und erfreut

Wie wir es abgesprochen hatten, wurde Anja mit verbundenen Augen bis zum Eingang geführt und als wir dann mühsam die andere Seite erreicht hatten, wurden Anja wieder die Augen verbunden.

Als wir uns sicher waren, dass es der geeignete Ort war, entfernten wir ihr die Binde.

Wir nahmen sie zwischen uns und sie hakte sich bei jedem von uns mit einem Arm ein. War bestimmt ein lustiges Bild....

Als sie Fabi´s Cabrio sah, entfleuchte ihr nur ein „Spitze!"

Fabi, der immer mehr Gefallen an ihr und ihrer Art entwickelte, grinste über alle vier Backen und sagte: „Mädel, du kannst jederzeit bei mir mitfahr´n, woll?"

Anja errötete und nickte dankbar.

Wir fuhren erstmal nach Ronsdorf ins Zentrum. Hier war zwar gerade nicht zu viel los, aber die ganzen Eindrücke überwältigten Anja schier.

Gleichzeitig sog sie, wie ein trockener Schwamm das Wasser, die Eindrücke und Impressionen in sich auf.

Überall hatten die Leute Smartphones und I Pads, oder Tablets dabei und Anja merkte sofort, dass die irgendwie alle in ihrer eigenen Welt waren.

„Sag mal, Fabi", meinte sie, als wir in der Marktstraße einen freien Parkplatz ergatterten und ausstiegen, „Was sind das denn für Dinger, die die Leute da an ihr Ohr halten?"

Bevor Fabi antworten konnte, sagte ich sofort: „Moderne Telefone, die drahtlos funktionieren und noch viele weitere Funktionen haben."

„Interessant", meinte Anja, „habt ihr auch so etwas?"

Fabi grinste, und fasste unter seinen Fahrersitz. Dort hatte er sein Smartphone versteckt. Er reichte es Anja.

Sie schaute es sich an und danach mich mit fragendem Blick.

Ich schaltete es für sie ein.

„Kommt, wir gehen zu meinem Kumpel Pauli, der wohnt getz nur ein paar Meter von hier, woll?" meinte Fabi.

Dann schloss er seinen geliebten VW ab und wir trotteten Fabi hinterher, der voran ging.

Pauli wohnte wirklich nicht weit entfernt und öffnete recht flott, als wir geläutet hatten.

„Hi, Keule", begrüßte Fabi ihn.

Pauli war etwas kleiner als wir, trug die Haare recht lang, aber zottelig und hatte wohl keine Bürste in der Wohnung – jedenfalls sahen seine Haare so aus.

„Alter", sagte er, „Überfall zu dritt und dann noch mit Mädel? Ich hab doch nicht aufgeräumt, hömma. Meine Junggesellenbude sieht wie´n Bombeneinschlag aus."

„Scheißegal, " meinte Fabi, „lass uns rein, ich muss ne Stange Wasser abstellen."

Pauli gab nach und Fabi ging direkt Richtung Klo.

Als er nach kurzer Zeit erleichtert wiederkam, meinte Pauli:

„Wat verschafft mir die Ehre eures Besuches?"

Fabi stellte uns kurz vor und fragte, ob er mal kurz ins Netz dürfte, etwas recherchieren.

Pauli nickte und Fabi fuhr den Rechner hoch.

Ich hatte vorher Anja eingetrichtert, sie solle keine Fragen stellen, nur schauen, mehr nicht.

Als Anja jedoch den Monitor sah und darauf das Desktopbild mit Kiss als Motiv, etwa 1976, war sie doch geschockt. So etwas hatte sie noch nie gesehen.

„Wer ist das?" fragte sie, halb entsetzt.

Pauli musterte sie.

„Wie alt, biste denn, Frollein?"

„18", antwortete sie wahrheitsgemäß.

„Dat die heutige Jugend Kiss nicht mehr kennt, eine Schande..." meinte er nur kopfschüttelnd.

„Klar, Alter, " sagte Fabi, „heute gibbet et ja nur noch so´n Scheiß wie diesen Techno Müll und so..."

Pauli nickte zustimmend.

Fabi schaute bei eBay nach, was bestimmte Matchbox Autos für einen Wert hätten, denn er hatte eine Idee, Geld zu verdienen.

„Sammelste die immer noch?" fragte Pauli, als er sah, was Fabi nachschaute.

„Teilweise. Ich kann für kleines Geld einige krieg´n und ich will schauen, watt die wert sind, hömma."

„Verstehe, schlauer Fuchs", sagte Pauli und grinste.

„Haste wat zum süppeln, aber ohne Sprit, muss noch Auto fahr´n, verstehste?" fragte er seinen Kumpel.

Pauli nickte und brachte drei Flaschen Orangenlimonade für uns ins Zimmer.

„Ihr seid doch Flaschenkinder, oder?" fragte er.

„Logo, Alter", sagte ich und öffnete die Flasche.

Anja wusste nicht, was er meinte, öffnete aber dankbar die Flasche mit der Limonade und trank sie. So etwas gab es ihrer Zeit auch, dieses kannte sie.

Ich musste auch mal für Königstiger und ging Richtung Toilette. Paulis Schlafzimmer war offen. Ich warf einen Blick hinein und dachte, ich bin wieder im Jahre 1973. Alles Poster aus der Bravo aus unserer Jugendzeit hingen da an den Wänden. Einige etwas vergilbt, aber trotzdem....

Mehrere von Kiss mit Make-up natürlich, zwei von Brian Connolly, dem Sänger der Gruppe Sweet, Marc Bolan war vertreten, Slade, Suzi Quatro und auch Roy Wood´s Wizzard.

Als ich ganz ins Zimmer trat und mich umdrehte, dachte ich, dass ist ja fast unglaublich: Der Slade-Starschnitt in voller Größe! Hammermäßig! An der Tür von innen war Suzi Quatro in Lebensgröße! Den hatte ich früher auch an meiner Zimmertür, sowie den kompletten Sweet-Starschnitt und Gene und Paul von Kiss.

Ich wollte gerade wieder hinausgehen, als Pauli kam.

„Wat machste denn in meiner Pennbude?" fragte er mich.

„Sorry, Alter! Aber die Tür stand offen und ich konnte nicht widerstehen, die Poster anzuschauen."

„Geil, woll?" meinte er und steckte sich vor Stolz.

„In der Tat", meinte ich nur.

„Ich geh mal eben für Königstiger, dann können wir quatschen, ok?" sagte ich.

Er nickte und ich konnte die Stange Wasser endlich abstellen.

Danach redeten wir im Wohnzimmer, welches erstaunlich ordentlich, im Vergleich zum Schlafzimmer war, über seine Poster.

Es stellte sich heraus, dass Fabi gar nicht wusste, dass Pauli so ein Posterzimmer hatte und natürlich sofort alles in Augenschein nahm.

„Wir bringen dir als Dankeschön eine unbespielte Single von 1973 mit", sagte ich spontan zu ihm, als wir uns verabschiedeten.

„Wirklich?" fragte er. „Wo habt ihr denn so´ne Rarität her?"

„Von 1973. Von einer Bekannten. Ungespielt!"

„Hammer!" rief Pauli vor Freude. „Welche ist es denn?"

„Lot deck övverraschn", meinte Fabi und zwinkerte.

Als wir wieder im VW saßen, fuhren wir ins Tal runter und Fabi meinte:

„So, Anja, getz fahr´n wir zu dem Haus deiner Eltern. Bisse aufgeregt?"

Anja errötete wieder und nickte.

Als wir endlich einen Parkplatz gefunden hatten, gingen wir den Rest zu Fuß. Da stand es: Anja´s Haus aus Jugendtagen. Es sah immer noch gut aus. Plötzlich zuckte sie zusammen!

Da kamen zwei Frauen auf das Haus zu, aber auf der anderen Straßenseite.

„Dat bist wohl du, Anja", meinte Fabi, der auch die Ähnlichkeit mit Anja entdeckt hatte. Hübsche Frau, für dat Alter!"

„Ich fass es nicht", meinte Anja und sackte zusammen. Wir fingen sie einigermaßen auf und so fiel sie nicht zu Boden.

Dier beiden Frauen auf der anderen Seite hatten gesehen, was passiert war und kamen zu uns, um zu fragen, was los sei. Das hatte uns gerade noch gefehlt....

„Allet in Dortmund", meine Fabi, „ meine Tochter ist nur ausgerutscht."

Bevor die ältere Anja ihr junges Ebenbild sehen konnte und vielleicht merken könnte, dass sie es ist, nahm ich geistesgegenwärtig ein Taschentuch aus der Tasche und fuhrwerkte ihr damit im Gesicht rum.

Die beiden Frauen ließen von einer genaueren Inspektion der Lage ab und gingen wieder auf die andere Straßenseite rüber.

„Puuuuuh! Glück gehabt!"

Fabi nickte. Wir schafften es, Anja recht schnell wieder ins Hier und Jetzt zurück zu bekommen und zu dritt gingen wir wieder zurück.

Eine Stunde später waren wir wieder im Jahre 1973.

Flohmarkt

Wir hatten uns mittlerweile an die recht strapaziöse Reise ins Jahr 1973 gewöhnt. Dabei mussten wir immer extrem aufpassen, dass uns niemand sah.

Als wir am Freitagabend wieder die Erlaubnis unserer Frauen hatten, Billard spielen zu gehen, trafen wir dann wieder im Jahre 1973 in Ronsdorf ein und Anja erwartete uns schon am Stadtbahnhof, da wir vorher den Termin ausgemacht hatten. „Fabi, Rallie, morgen ist großer Flohmarkt. Habt ihr Lust darauf?" begrüßte sie uns.

„Aber Hallo!" rief ich wie aus der Pistole geschossen.

„Wie geil is das denn?" freute sich Fabi fast ein Loch in den Bauch. Wir übernachteten wieder zu Hause und am nächsten Morgen waren wir schon um sieben Uhr in der früh auf dem Gelände, wo der Flohmarkt stattfand. Gemeinsam mit Anja durchforsteten wir die Stände. Zum Glück hatten wir mittlerweile eine Technik entwickelt, um regelmäßig kleines Geld vorrätig zu haben.

Fabi und ich kauften rare Matchbox und Bravo-Hefte und vertickerten sie bei uns mit ordentlichem Gewinn!

Fabi entdeckte bei einem Stand eine riesige Sammlung alter Bravo-Hefte. Auf die Frage, ob denn die kultigen Poster noch drin sind und auch die Starschnitte, schüttelte die ältere Frau den Kopf und sagte: „Keine Ahnung, die Hefte haben den Blagen gehört."

Fabi schätzte die Menge der Bravo Hefte auf ca. 150 – 200 Stück ein.

„Wat soll´n die denn kosten, hömma?" fragte er die Dame, die etwa 50 -60 Jahre alt schien.

„Mach mal´n Angebot", sagte sie.

Fabi ließ sich seine Freude, gepaart mit Coolness und Routine, nicht anmerken und sagte ganz abgebrüht:

„Kriegst nen Heiermann."

Die Frau schaute ihn an uns stand plötzlich auf.

„Glaubte, ich will die verschenken?"

„Zehner?" fragte Fabi.

„Nee, nen Zwanz´ger muss es schon sein."

Fabi überlegte.

„Fünfzehn?"

„Ok, achtzehn", sagte sie und hielt ihm die Hand zum Deal hin.

Fabi schlug ein.

Sie packte alles in zwei Bananenkartons.

„Kann ich die später holen?" fragte er. „Ich muss noch weiter krosen."

Sie nickte und stellte sie zusammen mit Fabi in ihren Anhänger, welcher mit einer Plane abgedeckt war.

Ich hatte kurz danach auch mein Mega-Schnäppchen!

Ein etwa 30 jähriger Hippie sah mich und wir kamen schnell ins Gespräch. Er brauchte Geld für Gras und vertickerte deshalb seine Singles und LP Sammlung.

Ich kaufte sie blind, weil er sagte, es seien etwa 250 Singles und über 100 LP`s, aber kein Scheiß dabei.

Wie einigten uns auf einen Preis von 50 Mark.

Ich folgte ihm zu seinem Auto. Es war einer alter Bulli, Typ 2, etwa Baujahr 1970. Drinnen roch es so süßlich und Anja, die mir gefolgt war, meinte, dass das ein „Kiffermobil" sei und dann zwinkerte sie.

Fabi hatte einen großen Bollerwagen für kleines Geld mittlerweile gekauft und kam damit angelatscht.

„Alter, oder willste deine Platten unter´n Arm klemmen, hömma?"

Sie passten gut auf den Bollerwagen drauf und wir entschieden, erst die Sachen in Anja´s Haus zu bringen. Danach holten wir Fabi´s Bravo Sammlung und nach einer kleinen Frühstückspause ging es wieder zum Flohmarkt.

Fabi erwarb noch einige kultige Käfer und Karmann Ersatzteile und ich konnte nicht widerstehen, als ich einige

Briefmarkenalben mit richtig raren Marken für nen Heiermann kaufte.

„Wat willste denn damit?" fragte mich Fabi.

„Versilbern", sagte ich. „Bei eBay oder so,"

„Was ist eBay?" fragte Anja, die gerade reinkam.

„Ein Auktionshaus", sagte ich wahrheitsgemäß.

„Ah ja", meinte sie nur, drehte sich um und ging wieder hinaus.

Als wir wieder alleine in Anja´s Zimmer waren, schauten wir unsere Schätzchen durch.

Was glaubt ihr, wie ich mich gefühlt habe? Wie Weihnachten und Ostern an einem Tag plus eine Eins in Chemie und Physik. Die Platten waren der Oberhammer!

Eine ziemlich komplette Beatles LP – und Singlesammlung, dann Suzi Quatro, T.Rex, The Sweet, Slade, The Mamas and the Papas, Middle of the Road, Mott the Hoople, Uriah Heep, Rolling Stones, The Who, mein geliebter Roy Wood mit einer kultigen Version von „Ball Park Incident" und einigen coolen Move Platten. Jede Menge Elvis war dabei und Rock´n Roll vom Feinsten.

Fabi war mittlerweile beim Auspacken der Bravos.

„Alter!" rief er. „Schau dir das an!"

Er sprach sogar hochdeutsch vor Freude!

Er präsentierte mir die kompletten Bravo Jahrgänge von 1969, 1970, 1971 und 1972, sowie die bisherigen Ausgaben von 1973 bis Juni.

Er fasste sich immer wieder an den Kopf und dann nahm er die Perücke herunter und kratzte sich die Pläte.

„Die sind alle komplett mit Poster", sagte er.

„Wir haben hier ein Märchen erlebt. Ein Märchen der Extraklasse", meinte er nur und schüttelte immer wieder den Kopf.

„Da sind der T.Rex- und der Alice Cooper-Starschnitt bei. Boah, super, ey!"

Ich nickte.

Damals hatte ich ja, wie ich schon sagte, den Suzi Quatro-Starschnitt an der Tür und den Sweet-Starschnitt an der Wand. Aber das übertraf alles!

Anja kam herein und war ganz aus dem Häuschen!

„Der Nachbar verkauft seine Jukebox mit aktuellen Hits. Der Sohn ist so´n Glam Dingsda wie ihr und die Box ist nur mit super Musik gefüllt!"

„Wie teuer is dat Dingen denn?" fragte Fabi.

„200 Mark plus 100 Mark für die Singles will er haben."

Wir schauten uns an und nickten.

Rasch gingen wir mit Anja zum Nachbarn und er erklärte, dass er die Musikbox nicht mehr wollte, da sie seinem Sohn gehört hatte, der letzte Woche ausgewandert sei. Er hatte seine große Liebe in San Francisco gefunden..."

„If you going to San Francisco..." summte ich plötzlich.

"Klar, Alter, vergiss aber die Blumen im Haar nich´..." scherzte Fabi.

Ich musste schmunzeln.

Wir einigten uns, die Musikbox so bestückt für 300 DM zu kaufen. Handeln wollten wir nicht, da der Preis echt fair war.

Sie hatte Rollen drunter und hinten zwei Bremsen zum Feststellen der Räder.

Zusammen wuchteten wir sie in die Garage von Anja´s Eltern. Wir versprachen, sie so schnell wie möglich abzuholen und im Oberbergischen in eine unserer beiden Garagen zu bringen.

Dann schauten wir auf die Titel und flippten fast aus vor Freude:

Block Buster -The Sweet

Hell Raiser – The Sweet

Crocodile Rock – Elton John

Cum on feel the noise – Slade

It never rains in southern California – Albert Hammond

Crazy Horses – The Osmonds

Whisky in the jar – Thin Lizzy

Solid Gold Easy Action – T.Rex

Gudbuy t`Jane – Slade

20th century boy – T.Rex

No more Mr. Nice Guy – Alice Cooper

Elected – Alice Cooper

Hello Hurray – Alice Cooper

Wigwam Bam – The Sweet

Do you wanna touch me? – Gary Glitter

Woman from Tokyo – Deep Purple

School´s out – Alice Cooper

Children of the Revolution – T.Rex

I didn´t know I love you, till I saw you Rock´n Roll – Gary Glitter

Rock´n Roll Parts 1&2 – Gary Glitter

Metal Guru – T.Rex

Jeepster – T.Rex

Take me bak 'ome – Slade

Telegram Sam – T.Rex

Standing in the road – Blackfoot Sue

Mama weer all crazee now – Slade

Coz I luv you – Slade

Rocket man – Elton John

Virginia plain – Roxy Music

Son of my father – Chicory tip

Dreams are ten a penny - Kincade

Hot love – T.Rex

Little Willy – The Sweet

Co-Co – The Sweet

Lady Rose – Mungo Jerry

Get it on – T.Rex

Hello Buddy – The Tremeloes

San Bernadino – Christie

Lucky man – Emerson, Lake and Palmer

Won´t get fooled again – The Who

Wir waren überwältigt!

„Darf ich sie mal testen?" fragte ich Anja.

Sie nickte. Wir rollten sie näher an die Steckdose in der Wand heran und ich schaltete das gute Stück an und drückte einen Titel:

"Mama, weer all crazee now" von Slade.

Beim Refrain grölten wir dermaßen laut mit, dass Anja´s Mutter zu uns rüber kam und fragte, ob wir erst 18 Jahre alt seien….

Wir lachten dann und ich meinte: „Innerlich schon!"

Der alte Bulli

Wir latschten durch Barmen auf dem Weg zu einem Autohändler, den uns Anja´s Vater empfohlen hatte, als ich plötzlich einen T1 Bulli in Hippiebemalung sah, der zum Verkauf an der Straße angeboten wurde.

„Alter, dat isset doch für dich, hömma", meinte Fabi entzückt.

„Boah, ej, da kriesste ja Hämorrhoiden vor Freude am Arsch. Alter, leck mich inne Täsch!"

Selten hatte ich ihn so extrem emotional gesehen.

„Ich glaub, ich krieg´n Föhn", warf ich ein, als ich den Preis des Schildes sah, „der will 2500 Mark dafür haben..."

„Bleib cool, Alter! Dat is doch voll günstig."

Fabi rieb sich die Hände und freute sich schon.

Anja, die uns natürlich begleitet hatte, ging schon Richtung Haustür, um zu fragen, wem das gute Stück gehörte.

Was glaubt ihr, wer öffnete? Ein Alt-Hippie!

„Dat gibbet doch gar nicht, hömma, Rallie", meinte Fabi und kratzte sich dem Kopf, welcher wieder diese freakige Langhaar Perücke zierte.

Wir kamen mit dem Alt-Hippie, der gefühlte 65+ war, schnell ins Geschäft. Er rauchte permanent ein Teufelskraut, was stank wie Hulle. Der ganze Bulli roch von innen irgendwie total schräg. Mir wurde fast schwindelig, da fast kein Sauerstoff drin war.

„Alter", sagte ich zu ihm. „Haste ma wat von Lüften gehört? Watt haste denn hier fabriziert?"

Er schaute mit seinen glasigen Augen irritiert und meinte: „Zwei Brüder haben gekifft auf Teufel komm raus, ich hab meine Selbstgedrehten gequarzt und die eine Perle hat sich dreimal übergeben und dann noch in die Ongerbox geschissen."

„Ok, du weißt schon, dat hier ne Generalreinigung vonnöten is, woll?"

Er schaute irritiert.

„Ich mach dir´n Vorschlag: Ich gib dir 900 Tacken und der Hobel gehört uns. Mein letztes Wort!" sagte ich.

Ich war richtig sauer über den schlechten Zustand des Bullis.

Überraschenderweise nickte der Hippie.

Er hatte wahrscheinlich schon lange versucht, den Bulli loszuwerden. Zum Glück hatte er noch sechs Monate TÜV, sodass eine Ummeldung auf Anja, die gerade ihren Führerschein bestanden hatte, möglich war.

Wir hatten uns überlegt, den Bulli für Fahrten innerhalb des Jahres 1973 zu Kult-Veranstaltungen zu nutzen. Was passte besser zu uns „Althippies" als ein Hippiebus?

Wir zahlten das Geld und Anja bestand auf eine Quittung. Der Hippie füllte sie dann auch aus und mit den Papieren und ein paar Tüchern, die er uns gnädiger weise dann gegeben hatte, damit wir sie auf die Sitze legen konnten. Dann fuhren wir mit heruntergekurbelten Fenstern schnurstracks zu unseren Garagen im Oberbergischen.

Dort wurde er erst einmal von innen zerlegt und alles wurde gereinigt. Ich hatte beim letzten Besuch schon mein Ozongerät mitgenommen und Anja bekam Stielaugen, als sie das gute Teil sah.

Ich meinte nur, dass es aus Fernost sei und es die Autoaufpolierer verwenden, um Gestank zu entfernen. Diese Erklärung reichte ihr.

Einige Zeit vorher hatte ich bei eBay ein Autoradio im Stile der 70er gekauft, in das man unauffällig eine SD Karte einführen und so die geilste Mukke hören konnte, ohne dass es auffiel.

Als wir unseren kultigen Bulli sauber hatten, er umgemeldet auf Anja war, wobei die Versicherung als Zweitwagen auf ihre Mutter lief, machten wir die erste Probefahrt.

An der Ampel stand neben uns ein Motorradfahrer, der ständig zu uns rüber glotzte.

Wir hatten einige Scheiben runtergekurbelt, so dass unsere Mukke auch nach draußen drang.

Zuerst lief noch der Rest von David Bowie´s „All the young dudes" in der bekannteren Mott the Hooples Version. Doch dann kam „Far far away", der Klassiker von Slade. Blöd, nur, dass das Lied erst 1974 erschien.

Der Biker hörte es und klopfte an die Bullitür und signalisierte, dass er mit uns palavern wollte. Anja nickte und fuhr, als es grün wurde, rechts an.

Er folgte uns und meinte dann: „Was ist das denn für ein Lied? Klingt wie Slade, aber ich hab es noch nie gehört?"

Fabi, der Weltmeister im Erfinden von Notlügen war, meinte nur, dass er es im englischen Sender gehört und gleich mit dem Kassettenrekorder aufgenommen hatte.

„Kannste mir die mal leihen, Alter?" fragte der Biker.

Jetzt kamen wir womöglich durch Fabis Geprotze in Schwulitäten.

Anja reagierte sehr schnell.

„Alter, sorry, aber wir haben einen wichtigen Termin. Schreib uns deine Adresse auf und du kriegst ne Kopie, großes Indianer-Ehrenwort."

Der Biker war erst perplex und dann nickte er.

Anja holte einen kleinen Block und einen Kugelschreiber hervor, der zum Glück aus dem Jahre 1973 war.

Der Biker schrieb seine Adresse drauf und sagte dann, dass wir ruhig noch andere schöne Musikstücke mit aufnehmen könnten und verneigte sich als Bedankung dann.

„Boah ey, Anja, alter Schwede, das war echt knappikowski..."

Anja nickte und sie fuhren weiter.

„Weisse watt?" fragte ich dann.

Wir sollten zu Alibizwecken nix laufen lassen, wat moderner is, als et iss. Also nix mit 74 und neuer, et sei denn, wir sind Pfiffikusse..."

Die beiden schauten mich an.

Ich grinste und sagte: „Ganz einfach: Ein Alibi-Tape ist im Kassettenfach und die Mukke von der SD-Karte."

„Was ist eine SD-Karte?" fragte Anja.

„Das ist ein Speicherchip für Musik z.B., die digital zerlegt wurde, aber trotzdem hörbar ist", meinte ich.

Die beiden grinsten bis über beide Ohren und Fabi sagte:

„Du bist der MacGyver des Bergischen Landes!"

Anja schaute, als ob wir chinesisch gesprochen hätten und sagte: „ Hä? MacGyver???"

„Ach, das ist Rallie´s Lieblingsserie aus den 80ern und er hat sie auf DVD."

„DVD? Was ist das denn nun schon wieder?" fragte Anja und schaute so, als hätte der Lehrer sie beim Abschreiben erwischt.

Fabi und ich schauten uns an.

„Du oder ich?" fragte er.

„Deine Erklärung", sagte ich ganz trocken.

Er seufzte. „Ok, wieviel Tage hast du Zeit?"

Dann grinste er und bekam einen Lachkrampf.

„Verscheißert ihr mich gerade?" fragte sie mich.

„Nicht wirklich", meinte ich nur und begann auch zu lachen....

Sweet „live" erleben

Die Monate gingen vorbei und wir freuten uns wie Bolle auf das Sweet Konzert in Düsseldorf am 11.Dezember 1973. Selbstredend, dass Anja mit dabei war und auch Biggi, die uns die ersten beiden Karmänner vermittelt hatte, begleitete uns zum Konzert.

Ich bin ehrlich: Ich hatte für uns alle vorsorglich Watte dabei, sollte es zu laut werden.

Wir kriegten voll die Stielaugen, wie viele junge Männer wie Brian Connolly rumliefen.

Als das Konzert endlich losging und Mick Tucker dann auch sein legendäres Drum-Solo loslegte, räusperte ich Fabi ins Ohr:

„Is´ schon geil, oder?"

Er grinste und zeigte mit dem Daumen ein „Ja" an.

Sie spielten alle Hits, die sie bis dahin veröffentlicht hatten.

Brian war zum Ende hin stimmlich relativ fertig und Steve und Andy übernahmen mehr Gesangparts.

Hinterher hatten wir vier auch fast keine Stimme mehr vor lauter Grölen....

Als wir endlich wieder in unserem Hippiebus saßen, schlug ich vor, doch einfach darin zu übernachten, weil ich keinen Bock mehr hatte, nach Wuppi zurück zu fahren.

Alle waren einverstanden und im Sitzen, bzw. anlehnen pennten wir sofort ein.

Am nächsten Morgen hatten wir alle raue Stimmen und Fabi holte allen Ernstes einige Dosen einer bekannten Energydrink Marke hervor.

„Wo haste die denn her?" fragte ich und schaute ihn mit merkwürdigen Augen an.

„Von daheim", meinte er nur.

Ich schaute mir die Dinger genauer an. Da hatte er aber ganze Arbeit geleistet und den ganzen Strichcode säuberlich abgeschliffen, damit Biggi nichts merke.

Auch das Haltbarkeitsdatum war entfernt.

„Wo gibt es denn so ein Gesöff?" fragte sie auch prompt.

„In Holland", meinte Fabi und sagte: „Prostikowski", und öffnete die Dose und trank sie in einem Rutsch leer.

Danach kam natürlich der obligatorische Mega-Rülpser mit einem fetten Grinser dazu.

„Alte Pottsau", sagte ich nur, „wehe du furzt jetzt auch olympiareif."

Alle mussten lachen, auch Fabi.

Zum Glück hatten wir eine PET-Flasche Wasser ohne Etikett dabei und so konnte das Gesicht per „Katzenwäsche" bei allen einigermaßen gewaschen werden, damit wir auch die Klüsen aufbekamen.

Anja fuhr uns sicherheitshalber heim ins Tal, denn wir waren 1973 ja noch Kiddies (falls es eine Polizeikontrolle gäbe...).

Glamrock-Xmas und Silvester 1973

Slade brachten ihren Kult Weihnachtssong im Dezember ´73 heraus und wir dudelten das Stück während der Adventszeit. Auch Wizzard´s „I wish it could be Christmas every day", grölten wir ständig mit.

Ich musste unwillkürlich an meine armen Eltern denken, als sie mir damals leichtsinnigerweise die Single zu Weihnachten schenkten und sie ständig Heiligabend und Weihnachten dudelte.

Silvester feierten wir in Wuppertal auch im Jahre 1973, denn unsere Frauen wollten nicht mit auf eine Glamrock Oldie 70er Fete gehen, die wir besuchen wollten. Wir hatten nicht gelogen, denn im Jahre 1973 war Glam und Glitter total „mega-in"

Tja und dann war das Jahr 1973 leider schon vorbei....

1974 stand als weiteres Glam-Rock Jahr vor der Tür und wir warteten auf weitere lustige und interessante Dinge, die uns in diesem Jahr begegnen würden....

Wir werden diese Erlebnisse im Folgeband aufschreiben....

Eure Glamrocker Fabi und Rallie

E N D E des Buches